AF436762

Ranchers

Een Western roman

Richard G. Hole

Far West

KORTE INHOUD

Het was een boer geweest die, in een daad van durf en moed, zonder angst voor de plaats, de Indianen, het klimaat en alle ongelukken, de route twee jaar geleden had geopend.

Daar had hij zijn vee met geluk en succes gelanceerd, want hij had al zijn vee weggedaan en vandaar vertrokken ze om steden en dorpen te bevoorraden die geen vlees hadden en betaalden daarvoor tegen een goede prijs.

Sommige veeboeren, die geconfronteerd werden met de mogelijkheid om van hun vee af te komen door ze tegen een redelijke prijs te verkopen, aarzelden niet om in de perikelen van de onzekere en gevaarlijke route te springen ...

Ranchers is een verhaal dat behoort tot de Far West-collectie, een verzameling romans ontwikkeld in het Amerikaanse Wilde Westen.

RANCHERS

HOOFDSTUK I

WANNEER EEN MAN IN HET BLOK IS ...

Het was het jaar 1870, een turbulent jaar in Texas en nog meer in San Antonio, waar de hele veebeweging in de regio was geconcentreerd.

De langorige route die Jesse Chisholm twee jaar geleden dapper had geopend om de duizenden vee te verdrijven waarvan niemand wist wat ze ermee moesten doen vanwege de puinhoop die het einde van de burgeroorlog had veroorzaakt, was in volle gang.

De bedrijven in wat het brede en lange strijdtoneel was, waren bijna verlamd, er was geen gunstige markt om het vee te stallen; Deze waren tijdens de oorlog buitengewoon vermeerderd en de half uitgeputte boeren deden heldhaftige pogingen om hun vee te stallen en hun door de oorlog verarmde bedrijven te saneren.

Het was Chisholm die, in een daad van durf en moed, zonder angst voor de plaats, de Indianen, het klimaat en alle ongelukken, twee jaar geleden de Abilene-route had geopend en daar zijn vee met geluk en succes had gelanceerd, omdat ze al hun vee van de hand deden en vandaar vertrokken om steden en dorpen te bevoorraden die geen vlees hadden en daarvoor betaalden tegen een goede prijs.

Toen het nieuws bekend was, hadden andere veeboeren hem het jaar daarop geïmiteerd en aangezien San Antonio het hoofd van de route was, was dat een broeinest geworden van vee, arbeiders en andere elementen die als gevolg van de nieuwe onderneming hetzelfde waren geworden. dan vliegt naar een smakelijke honingraat.

Sommige veeboeren, die geconfronteerd werden met de mogelijkheid om hun vee van de hand te doen door het tegen een redelijke prijs te verkopen, aarzelden niet om de wisselvalligheden van de onzekere en gevaarlijke route te betreden. Tussen het verhongeren en rekenen op meer dan genoeg vee om hun boerderijen weer op te bouwen en zichzelf nuttig bloot te geven, gaven ze de voorkeur aan het laatste.

De pioenen, sommigen moedig van nature, anderen moedig door noodzaak, waren ook bereid hun werkgevers te steunen. Het was het middel om hun in gevaar verkerende baan veilig te stellen en een goed loon te krijgen, aangezien deze in overeenstemming waren met de inspanning om een bijdrage te leveren.

De route had verschillende nieuwe bedrijven gecreëerd die waren afgeleid van de basis. Sommige vee-experts, met geld om het te kunnen gebruiken, beslopen de komst van kleine kuddes, die nauwelijks de moeite waard waren om ze op de weg te gooien omdat het nut nooit op het niveau van gevaar zou zijn en ze benaderden de bescheiden eigenaren die aanboden om te kopen hun vee aan de voet van de rivier.

Het was waar dat de te betalen prijs laag was, maar velen accepteerden het. Het was veilig geld, het vermijden van de vermoeidheid van de route, het gevaar om niet met het vee aan te komen en de kosten van het betalen van de mensen die aan het rijden waren toegewezen.

Deze handelaren verzamelden verschillende kleine bundels om één te vormen, gevoed, serieus, de moeite en het risico waard om te rennen, en toen ze vier- of vijfduizend runderen hadden verzameld, wierpen ze zichzelf in de prairie op weg naar Abilene.

En onder de bescherming van deze vloedgolf was er geen gebrek aan arbeiders die naar de stank van de leidingen kwamen om ze met een goed loon in te schrijven. Ze wisten van de gevaren om te vluchten, maar ze wisten ook dat er aan het einde van de route veel dollars op hen wachtten en een veestad, waar ze allerlei ondeugden en afleidingen kregen, waar ze die dollars konden uitgeven. en compenseren voor hun vermoeidheid. van rijden.

Maar het waren niet allemaal pionnen in de eigenlijke zin van het woord. Er waren ook veel avonturiers, gewetenloze mensen, deserteurs uit de legers die door Texas waren gezworven met de sprong van de dood, zo niet tot de aanval van wat ze onderweg aantroffen en afgestudeerden van het leger, die, zonder bezetting, omdat vacatures schaars waren, toonden ze bereid hun geluk te beproeven met de reizende teams, aangezien veel pakketten arriveerden zonder voldoende personeel voor de route.

Anderen kwamen met minder nobele bedoelingen. Het was bekend van enkele kleine chauffeurs die, nadat ze mannen hadden aangenomen die zichzelf willekeurig arbeiders zonder werk noemden, nadat ze San Antonio midden op de weg hadden achtergelaten, hadden samengespannen om de bundels die ze reden in beslag te nemen, waardoor hun eigenaars en verslaafde arbeiders werden geëlimineerd. . , om zich als eigenaren te vestigen en met het vee naar Abilene te komen, waar ze het met een geweldige zaak verkochten.

En er waren ook enkele georganiseerde bendes die, op zoek naar kansen, de komst van de hatajos bespiedden, leerden hoeveel nuttig was voor hun onedele zaken en, op het juiste moment, op de hatajos vielen en of ze niet genoeg hadden mannen Om hen te verdedigen, grepen ze hen in de open prairie en zetten hun tocht voort totdat ze werden geliquideerd in Abilene.

Er waren verschillende andere soorten overvallen, waarvan de brutale veehouders altijd het slachtoffer waren, maar met het bovenstaande is het voldoende om het morele klimaat te beseffen dat in het voorjaar van 1870 in San Antonio heerste.

En hoewel er niets is gezegd over degenen die onder de dekmantel van gokken en de nachtelijke overvallen leefden waarvan bekend was dat ze wat buit boden, maakten ze ook deel uit van de overvloed aan ongewensten en uitbuiters die zich in de dichtbevolkte stad hadden gevestigd.

En ze konden niet zonder gedurfde gewapende mannen, die, net als de Thompsons en enkele anderen, hun hegemonie in de stad uitoefenden, zonder dat iemand het tegen hen durfde op te nemen vanwege hoe gevaarlijk de poging kon zijn.

Onder de strengste en gevaarlijkste die dit jaar de stad regeerde door haar wetten en macht op te leggen, viel Gregory Scott op, een lange, goedgebouwde, donkere man, met glanzende zwarte ogen, een smalle en zijdeachtige snor, dunne lippen en wrede en uitgesproken kin. Hij kleedde zich zeer elegant en bezat fijne handen, met lange, goed verzorgde vingers, die hem aan de kaak stelden als een professional in het spelen van kaarten.

Van Gregory was helemaal niets bekend. Hij was in San Antonio verschenen als een brandende meteoor aan het begin van de route en was in minder dan twee jaar de populairste en gevaarlijkste figuur in San Antonio geworden.

Hij was begonnen met spelen om later een speeltafel te gaan runnen in een belangrijk gokhol in de stad. Later gaf hij de tafel op en het was niet langer mogelijk om zijn activiteiten te definiëren, hoewel er werd gezegd dat hij een van de belangrijkste promotors was van het beginnende bedrijf om vee van veeboeren te kopen en ze vervolgens naar Abilene te sturen onder leiding van mannen die hij vertrouwde.

Hiervan had hij er altijd wel een paar op de repliek. Ze waren zijn erehof en ook zijn persoonlijke bewaker, en als Gregory persoonlijk gevaarlijk was, was hij met deze escorte onkwetsbaar.

Maar het was niet alleen Gregory die een verderfelijke invloed uitoefende in San Antonio. Er waren andere leiders of groepsleiders die zich toelegden op onwettige bedrijven, hoewel ze blijkbaar, om botsingen te vermijden die niet gunstig voor hen waren, de velden hadden afgebakend en ervoor zorgden dat ze niet wedijverden voor de ernstige gevolgen die voor hen zouden kunnen worden veroorzaakt.

Een van de meest prominente, hoewel hij niet in de buurt van Gregory's lengte was, was een man genaamd Woodrow Harding, een nogal dikke man van gemiddelde lengte, midden dertig, met een onaangenaam gezicht. Hij was nors, vechter en pochte dat hij een cowboy was geweest, om later dienst te nemen in het leger van het Zuiden, waarvan hij was gedeserteerd om een ranchrover te worden tijdens de naoorlogse periode.

Aan het begin van de route was hij in San Antonio gestopt met enkele van degenen die zijn plunderende bende vormden en met hen had hij zich toegelegd op het rondsnuffelen in tavernes en gokhallen, om kennis te nemen van degenen die geld verdienden of naar de stad om ze te stalken. als wilde beesten en ze aanvallen als de gelegenheid gunstig was, hen van hun geld berovend wanneer ze niet van het leven waren.

Hij was een vaste klant op de gevaarlijkste plaatsen van San Antonio, had Gregory leren kennen en was onderdanig en sycofan tegen hem geweest. Zijn idee was om Gregory te overtuigen om met hem samen te werken en deel uit te maken van zijn vee-organisatie. Harding begreep dat het een groter en gezonder bedrijf was en aangezien hij de gevaarlijke schutter niet onder ogen durfde te komen, deed hij alsof hij naast hem werkte en bood aan een bedrag aan het bedrijf bij te dragen als Gregory ermee instemde.

Die laatste had de zaak uitgesteld. Op dit moment had hij geen partners nodig, aangezien het voldoende was om zijn bedrijf te organiseren en aangezien hij mensen had die zijn orders detacheerden met de zekerheid dat ze zouden worden uitgevoerd, hoefde hij geen winst uit te keren die geen hulp nodig had om hen.

Aan de andere kant was er onlangs iets gebeurd wat Gregory niet leuk vond. Zijn mannen hadden een man ontdekt met een paar duizend dollar die het aan vee wilde uitgeven, en Gregory was van plan een val te maken om dat bedrag van hem te verwijderen, zonder hem zelfs maar de hoorn van een gewei terug te geven.

Maar voordat zijn plan tot wasdom kwam, had Harding het geld van de man gesnoven en op een avond, toen hij naar de herberg ging, werd hij beroofd en beroofd van het geld, nadat hij hem een enorme stoot tegen zijn hoofd had gegeven, waardoor hij bewusteloos achterbleef. weg. Niemand wist wie de overval had gepleegd, maar Gregory had sterke vermoedens om Harding de schuld te geven van de overval bij de dealer en het was iets dat hij niet wilde vergeven, omdat zijn trots niemand toestond om op een goede deal te stappen.

Gregory had geprobeerd om Harding de waarheid over de overval te vertellen. Hij wilde de zekerheid hebben dat hij niet verkeerd was, om te weten wat hij later kon verwachten.

Maar Harding had met een raadselachtige glimlach geantwoord:

'Ik weet niet waar je het over hebt, Gregory.

"Ik denk dat ik perfect Engels heb gesproken.

'Nou ja, maar... denk je niet dat ieders zaken persoonlijke zaken zijn waar ze zich niet bewust van zouden moeten zijn? Als ik je naar bepaalde dingen zou vragen, zou je me iets soortgelijks vertellen.

Gregory realiseerde zich dat hij hem niet zou laten spreken en antwoordde:

'Ik heb je niet gevraagd om je met je zaken te bemoeien, Harding. Het leek me dat de aanval jouw stempel had en daarom maakte ik er commentaar op. Ik denk, zoals je zegt, het is beter om over iets anders te praten.

"Akkoord. We verdedigen ons allemaal zo goed als we kunnen en in dat opzicht draag jij de belangrijkste rol.

'Heeft iemand het me gegeven? Ik weet hoe ik mijn eigen bedrijf moet beginnen en ik verdedig het zoals u dat van u doet. Er is voor iedereen.

Daar was het gesprek geëindigd, maar Gregory was er meer dan ooit van overtuigd dat de zaak door Harding was verknald.

En net als Harding, hoewel hij een nogal taai en gevaarlijk element was, was hij in gevaar.

En Harding, die achterdochtig en sluw was, moet hebben geraden dat er iets bedreigends voor hem in de vraag was en was op zijn hoede. Je kon niet met Gregory spelen en als hij met hem over die kwestie had gesproken vanwege iets dat hem trof, moest hij heel alert leven om niet door zijn rivaal te worden weggevaagd.

Twee dagen later, kort voor zonsondergang, betrad Gregory "El Caballo Salvaje", een goktent die hij regelmatig bezocht, en in de bar ontdekte hij Harding. Toen hij hem zag, werd hij een beetje stijf, maar, hem begroetend met een glimlach die hij wilde vastleggen, nodigde hij hem uit:

'Heb iets voor mezelf, Gregory.

"Bedankt; geef me een "whisky".

Hij liep naar de bar, waar het drankje werd geserveerd.

Hardin vroeg:

'Hoe zit het op dit uur?

"Ik maak tijd tot acht uur dat ik mijn vrienden zal ontmoeten in" The Silver Dollar. "

'Ik heb ook niet veel te doen tot later. Wil je de tijd doden met pokeren?

Gregory zou weigeren, maar snel nadenkend, antwoordde hij:

'Nou, ik moet de tijd ergens voor doden.

Harding bestelde een dek en nog twee glazen "whiskey" en wees naar een tafel waar ze geserveerd zouden worden.

Het spel begon en na een tijdje van fluctuatie begon Gregory verschillende handen achter elkaar te winnen.

Harding beschuldigde het verlies zonder te knipperen. Hij moet gewend zijn geweest aan de ups en downs van fortuin en had de zenuwen om zijn files te doorstaan.

Koud en onbewogen bleef hij spelen, terwijl Gregory, met een flauwe en vreemde glimlach, zich niet bewust leek van de ups en downs van het spel en de inzet met onbezorgdheid accepteerde.

Maar even later werden de rollen omgedraaid. Gregory begon te verliezen, en terwijl hij dezelfde zorgeloze houding behield, volgde hij de incidenten van het spel met belangstelling.

Van tijd tot tijd, terwijl zijn tegenstander aan het schuifelen was, bewoog hij de gouden munten op tafel en liet ze gewoon in een rij langs zijn tangvormige vingers glijden, hij wist welke er in de stapels lagen.

Tot een van de trucs was afgelopen, duwde hij de kaarten zacht en zei:

'Laten we het maar zo laten, nietwaar?

'Zoals je wilt. Het lijkt erop dat je het niet zo leuk vindt nu je verliest.

"Nee, ik vind het niet leuk. Ik heb je me acht handen achter elkaar laten verslaan door me te bedriegen, en hoewel ik met jouw geld heb gespeeld, kan ik het toegeven. In het geval van mij zou het iets zijn anders.

'Heb je acht keer gezegd?

'Eerlijk. Denk je dat ik het niet gemerkt heb?

"Ik veronderstelde het, maar je zult niet ontkennen dat er zoveel trucs zijn geweest als je me in het begin hebt gemaakt. Ik besefte het ook, maar ik was ervan overtuigd dat ik mijn geld terug zou krijgen. Zo niet ...

'Wat zou er gebeurd zijn?' vroeg Gregory zacht.

"Wie weet!

'Jullie, die de dreiging hebben gelanceerd.

"Het is beter om het daarbij te laten. Er gebeurde niets en...

"Ik hou niet van mannen die zich omdraaien nadat ze hun tong hebben losgelaten. Als je dreigt, moet je de man steunen, anders stel je jezelf bloot aan het feit dat je een lafaard van een varken wordt genoemd.

Harding, die de aanval hoorde, realiseerde zich dat zijn tegenstander die set alleen had uitgelokt om een gevecht aan te gaan en hem, hem kennende, niet de minste marge van voordeel wilde geven. Hij sprong overeind en legde zijn hand op zijn zij, terwijl Gregory niet was opgestaan van zijn stoel, een beetje verwijderd van de tafel.

Maar Harding had alleen tijd om de "Colt" eruit te halen, want toen hij hem wilde gebruiken, was het laat. Gregory had vanuit zijn stoel geschoten met alleen maar zijn hand te bewegen en het wapen te kantelen, waarbij hij twee kogels in de buik van zijn tegenstander plaatste.

Zijn revolver was klaar om te worden afgevuurd zonder dat hij hem hoefde te trekken. De punt van de holster was afgesneden en de trekker was zichtbaar, zodat hij kon schieten door gewoon de hand te laten vallen.

Harding kreunde van de pijn en viel plat op de tafel, de munten voor zich uitspreidend.

Het geld viel met een luid gerinkel op de grond, en Harding, zijwaarts leunend, viel ook, kronkelend in doodsstrijd.

Er ontstond een enorme commotie in de bar. De klanten renden naar de tafel waar het dramatische tafereel had plaatsgevonden, toen Gregory koud iedereen uitdagend aankeek.

'Wees niet gealarmeerd, heren, dat er niets is gebeurd. Deze pad stond zichzelf toe bepaalde bedreigingen tegen mij te uiten en ik nodigde hem uit om hen als mannen te steunen. Zoals je kunt zien, heb ik hem de revolver laten pakken, maar hij moet lood in zijn handen hebben gehad en hij heeft het nooit gebruikt. Hoe dan ook, de bedoeling om het tegen mij te gebruiken is genoeg en ze hebben het gezien. Het spijt me, maar ik ben geen man die straffeloos kan worden bedreigd.

Met volledige rust, zeker dat niemand een vinger zou uitsteken ter verdediging van de gevallenen, ten eerste omdat niets hen met hem in verband bracht en ten tweede omdat hij erom bekend stond niet te negeren hoe gevaarlijk het was om hem onder ogen te zien, verliet hij de bar en verliet Harding sterft.

De tijd om hem te factureren voor het bedrijf dat op hem was gestapt, was aangebroken en hij zou hem niet langer in de weg staan door hem een nieuw bedrijf te laten mislukken.

Hij ging rechtstreeks naar "The Silver Dollar", waar enkele van zijn mannen op hem moeten hebben gewacht en, zodra hij hen naderde, zei hij:

"Ik heb zojuist Harding neergeschoten in 'The Wild Horse'.

"Een mooie baan, baas," merkte een pokdalig op, bijgenaamd "El Pecas." Ik was alleen?...

"Ja" hij nodigde me uit om een spel te spelen en ik maakte van de gelegenheid gebruik om mijn voet erin te zetten. Ik heb hem een paar keer bedrogen en hij beantwoordde ze door ze aan mij terug te geven. We hadden een paar woorden en hij bedreigde me. Ik liet hem de revolver pakken, maar verder niets. Hij viel met twee ons lood in zijn buik. Ik weet niet of de "sheriff" zal durven ingrijpen tegen mij, of dat iemand die getuige was van de scène zal kunnen verklaren dat Harding de revolver heeft getrokken, maar voor het geval niemand dat doet, moet u getuigen zijn dat hij me heeft uitgelokt en hij trok zijn geweer om te schieten. Daarmee zal er genoeg zijn.

"Nou baas, alsof we er getuige van waren.

Gregory's voorspelling was voorzichtig, want een uur later verscheen de "sheriff", vergezeld van een commissaris, bij "The Silver Dollar" om Gregory te zoeken.

'Wat wilde je van me, sheriff?' vroeg hij lui.

'Ik kom je zoeken. Ik beschuldig hem ervan Woodrow Harding te hebben vermoord in 'The Wild Horse'.

'Nou, heeft niemand je verteld hoe de set is gebeurd? Harding beledigde me en trok zijn revolver. Ik zou me niet koud laten vermoorden. Er waren meer dan twintig getuigen die getuige waren van het tafereel en onder hen allen die hier zijn. Zijn ze niet genoeg?

"Iedereen? Waren ze aanwezig?

"Twijfel je eraan, hè?" Antwoordden de "Sproeten". Wel, als je wilt, kunnen we de scène voor je reconstrueren en het lijkt mij dat we genoeg zijn zodat niemand Gregory kan beschuldigen van het nemen van de initiatief.

De "sheriff", gespannen, keek iedereen aan en antwoordde:

'Zeer waardevol alibi, Gregory, maar het loopt niet altijd zo af. De dag dat het mislukt, bereid je voor, want je nek kan in gevaar zijn.

HOOFDSTUK II

DE BESTAANSSTRIJD

McClellan was een boer wiens eigendom zich bevond in Encinal, een stad in Zuid-Texas, ongeveer zestig kilometer van de Rio Grande.

De oorlog was een ramp voor McClellan geweest, eerst was hij bijna volledig verlaten omdat zijn pionnen, allemaal pittige jonge mannen, onderdeel waren geworden van het noordelijke leger, en later, toen de oorlog voorbij was, probeerde hij wanhopig zijn ranch weer op te bouwen, hij leed verschillende aanvallen van de bendes van outlaws die door de regio zwierven en verloor veel vee omdat hij niet genoeg mannen had om zijn belangen te verdedigen.

Sommige van zijn pionnen stierven heldhaftig vechtend aan het front en anderen keerden niet terug, misschien omdat hun plannen, toen de oorlog eenmaal voorbij was, heel anders waren dan die welke ze hadden gestreeld voordat de oorlog begon.

Degene die wel naar hem terugkeerde was Saúl Perkins, die onlangs zijn voorman was geweest. Saúl had veel waardering voor zijn werkgever, omdat hij zich heel goed met hem had gedragen en omdat hij vanwege zijn aanhankelijke en begripvolle karakter het verdiende om met zulke goede eigenschappen overeen te komen.

Afgezien daarvan had Saúl een meer bijbedoeling om zich verbonden te voelen met McClellans ranch; de reden was de dochter van de boer, die hij had ontmoet en behandeld toen hij als leerling op de boerderij kwam, toen hij op het punt stond vijftien te worden.

Barbara McClellan was dus een kleine twaalfjarige, slank, nerveus, met samengeklit blond haar, een opgedraaide neus en een levendig, ondeugend genie dat in staat was om stieren te verslaan met haar kattenkwaad.

Zonder zelf te weten waarom, werden ze aangetrokken in hun tedere jeugd en Barbara zocht Saúl vele malen om medeplichtig te worden aan haar capriolen en meer dan eens nam Saúl de schuld op zich om te voorkomen dat Barbara door haar vader werd gestraft.

Saúl groeide op, hij ging van leerling naar arbeider en later, toen zijn baard zijn teint overschaduwde en hij zich een man in wezen en macht voelde, realiseerde hij zich twee zeer elementaire dingen: één, dat, net zoals hij was gegroeid en gegroeid was veranderd in een volwassen man, was Barbara ook opgehouden een meisje te zijn, om een zeer aantrekkelijke kleine vrouw te worden, levend van genialiteit, even ondeugend en ondeugend als in haar puberteit, maar een vrouw die niet langer als een meisje behandeld kon worden.

En Saúl realiseerde zich ook dat hij in de loop van de tijd zeer diep onder de indruk was geraakt van het meisje en dat dit een zeer ernstige zaak was die hij diep moest mediteren, want ondanks de aantrekkingskracht en sympathie die hen altijd hadden verenigd, zou het verschil in positie zijn een onoverkomelijk obstakel om te streven naar een eeuwige verbintenis wat tot dan toe pure en eenvoudige vriendschap was geweest.

En aangezien de leeftijd van spelen en kattenkwaad bij hen beiden al achter ons lag, eisten goede manieren een andere behandeling en een gedragslijn met haar in overeenstemming met haar persoonlijke en financiële situatie.

Voor Saúl was het een kwelling om zijn impulsen te moeten stoppen en de jonge vrouw te behandelen met de spaarzaamheid en de verpakking die haar nooit hadden behandeld en zij, misschien instinctief, ook veel dingen beseffend, had zijn gekke impulsen gestopt en was voorzichtig om hem te behandelen met een zeer uitgesproken vriendelijk gevoel, maar de afstanden bewarend die zijn leeftijd vereiste.

Ze was op een leeftijd waarop elke onvrijwillige overdaad plaats kon maken voor valse interpretaties of roddels die schadelijk waren voor haar goede naam, en dit plaatste haar in een sociale situatie die als een kwestie van fatsoen moest worden gerespecteerd.

En zo brak de oorlog uit, toen Saul zesentwintig jaar oud was en Barbara op het punt stond drieëntwintig te worden.

Saúl was nog geen jaar gepromoveerd tot voorman. Degene die jarenlang het team leidde, was met pensioen gegaan om bij een getrouwde dochter te gaan wonen, omdat hij het gevoel had al gebrek te hebben aan vaardigheden voor zo'n zware missie en de boer begreep dat niemand beter dan Saúl zijn team kon leiden.

Hij was opgegroeid op de ranch, had binnen zijn missie geschikte kwaliteiten getoond en kende hem als eerlijk en loyaal als weinig anderen.

Maar enige tijd na het uitbreken van het conflict, toen de regering besefte dat het iets van groot belang was, begon het mannen te mobiliseren voor de strijd en op een dag werd Saúl opgeroepen, net als vele anderen van zijn leeftijd.

De jongeman moest zelf ontslag nemen. Hij was niet bang voor oorlog, maar hij was een enorme schande voor het scheiden van Barbara. Hoewel hij geen hoop op haar had en het een troost was om haar in de buurt te hebben, haar elke dag te zien en te genieten van haar contemplatie.

En aangezien het meisje geen haast scheen te hebben om zich aan een man te binden en de schaduw van een rivaal hem niet stoorde, voelde hij misschien daardoor meer pijn om van haar gescheiden te zijn.

Maar plicht was plicht, en Saul aarzelde niet om gehoor te geven aan de oproep en zich te melden bij de plaats waar hij was aangesteld om zich bij de gelederen te voegen.

McClellan stuurde hem weg met pijn, want de afwezigheid van de jongen was een zeer gevoelig verlies voor hem.

Ook Barbara was getroffen door zijn vertrek. Ze waren tenslotte samen opgevoed sinds ze twaalf jaar oud was en er waren veel goede herinneringen in het geheugen van de jonge vrouw om niet aanwezig te zijn op zulke gedenkwaardige momenten.

Ze stuurde hem weg met een krachtige handdruk en zei met een zeer beschaamde stem:

'Tot ziens, Saúl, ik hoop dat het geluk je gunstig gezind is en dat je, als het niet lang duurt, bij ons terugkomt. Je weet hoe geliefd je bent op deze boerderij en we gaan je heel erg missen.

Hij stond op het punt te schreeuwen dat hij degene was die haar heel erg zou gaan missen, maar hij hield zich in en probeerde zijn stem krachtig te laten klinken en antwoordde:

"Heel erg bedankt, baas; Hartelijk dank, mevrouw Barbara. Ik zal je ook veel herinneren en ik hoop dat God me het geluk geeft om weer terug te keren naar deze boerderij die voor mij mijn ware thuis is geweest.

Saúl sloot zich aan bij een cavalerieregiment en nam deel aan vele gevaarlijke acties. Zijn moed, zijn vastberadenheid en zijn patriottische geest leverden hem veel sympathie op onder zijn bazen en voor oorlogshandelingen won hij eerst het insigne van korporaal en later dat van sergeant.

En met hen in uniform ontving hij zijn vergunning aan het einde van de oorlog en, ze droeg ze met trots, verscheen op McClellan's ranch zodra hij de kans had om terug te keren naar Texas.

De ontvangst die ze hem gaven was erg hartelijk, maar hij realiseerde zich al snel dat de oorlog ook de boer had getroffen, zij het niet materieel, maar in moreel en economisch opzicht. De gebroken zaak, verlamd, ruïneerde hem half en hij ging door de pijnen van het vagevuur om waardig overeind te blijven.

Weinig mensen keerden terug naar hun post, maar omdat het bedrijf niet genoeg was om hetzelfde team te behouden, waren ze genoeg, zelfs als ze schaars waren.

Veel vee was verloren gegaan door gebrek aan zorg en gebrek aan mannen om erover te waken. Er was vee verspreid over het hele gebied, maar in het wild vanwege de alomvattende vrijheid die ze gedurende vele maanden hadden genoten.

Saúl werkte hard om de hacienda een beetje te reorganiseren en de kuddes te vergroten, maar toen ze erin slaagden, sloegen de vele bendes van ongewensten die de regio verwoestten verschillende slagen tegen de weiden, waarbij ze het vee in beslag namen om ze naar Mexico te brengen en ze tegen elke prijs te verkopen . , aangezien het allemaal winsten waren voor de veedieven.

Gebrek aan personeel verhinderde hen om op te staan tegen plunderaars en overvallen te voorkomen. Bij een van die aanvallen verloren ze een pion en werd Saul in de arm geschoten, waardoor hij drie weken inactief was. Het zag eruit als een schip vol gaten, waardoor het water dreigde te zinken.

Maar de vasthoudendheid die hen aanmoedigde was buitengewoon en ze keerden terug naar de aanval en werkten intens om opnieuw te doen wat verloren was gegaan.

De tijd verstreek, de normaliteit leek het beetje bij beetje over te nemen en hoewel er nog steeds groepen verspreid over het gebied waren, waren sommige vernietigd en andere vielen uiteen en verspreidden hun elementen naar andere sectoren.

Maar toen het erop leek dat het herstel zich zou consolideren, deed zich een ander probleem voor. De veebedrijven waren bijna dood, nu leek het erop dat er nogal wat vee was. maar kopers ontbraken. Er was schaarste aan geld, de markten waren ongeorganiseerd en als iemand besloot te kopen, eisten ze dat de hoorns werden afgeleverd op de plek die ze als de veiligste plaatsen hadden aangewezen.

En dit was erg gevaarlijk voor de veeboeren, omdat het vee door verlaten gebieden drijven net zoveel was als de dieven de gelegenheid geven om hun routes af te snijden en de bundels straffeloos toe te eigenen.

Toen hij met deze stand van zaken werd geconfronteerd, organiseerde de durf en agressiviteit van Jesse Chisholm de rit naar Abilene, waar al het vee dat daar arriveerde, werd gekocht tegen een prijs, zo niet magnifieke, ja lonende, omdat van daaruit de hoorns werden naar Dodge City, Wichita en later naar het Oosten gereden om de grote steden die geen vlees hadden, te bevoorraden.

Al snel verspreidde het nieuws van het succes zich en het jaar daarop, aan het begin van de lente, verzamelden enkele wanhopige boeren uit het zuiden zoveel mogelijk vee en gingen daarmee op pad. Ze gingen een kaart spelen die, als het goed zou uitpakken, hen enorm zou helpen om de precaire situatie te redden.

Sommigen hadden geluk, anderen niet, maar over het algemeen was het beeld opgehelderd. Met organisatie en kracht hadden de boeren een prachtige markt waar ze hun vee konden verkopen, terwijl de normaliteit zich over het hele gebied verspreidde.

Toen McClellan van dit alles hoorde, probeerde hij zoveel mogelijk details te krijgen. Ook hij speelde met het idee zijn fortuin te beproeven door zijn vee op de weg te gooien.

Als hij tussen lente en zomer twee ritten zou kunnen maken, zou hij de situatie als gered beschouwen en zou hij tot het volgende jaar kunnen wachten om grotere ritten te organiseren.

"Op een dag kreeg McClellan de kans om te spreken met een bekkenboer die net was teruggekeerd uit San Antonio.

De rancher gaf hem zeer interessante details van zijn reis.

"Ik", vertelde hem, "ik ging naar San Antonio met duizend en een halve horens. Ik was vastbesloten om die helse route te volgen waarvan ik weet dat deze in veel opzichten extreem gevaarlijk is, maar voordat ik wanhopig naar de prairie ging, leerde ik iets dat Ik vond het interessanter en veiliger en gaf de route op.

"In San Antonio vertelden ze me dat er enkele dealers waren die kleine bundels kochten en vervolgens zelf grootschalige ritten organiseerden. Er zijn elementen die bereid zijn om de gevaren van autorijden onder ogen te zien en peonage is geen probleem voor hen.

"Ze betalen ze natuurlijk relatief slecht. Ze zeggen dat ze in Abilene tussen de achttien en twintig dollar per hoofd verhandelen; maar je moet ze erheen brengen. Mensenhandelaars betalen in San Antonio acht tot tien dollar en het risico om Abilene met hen te bereiken is de winst tussen wat ze betalen en wat ze later vragen voor elk rundvlees.

"En de waarheid is dat het, hoewel slecht betaald, het probleem voor mij oploste. Ze betaalden me negen dollar en ik vermeed de drie maanden van de route en alle gevaren die het met zich meebrengt, omdat je op de Indianen moet rekenen, met het gebrek aan water, de hitte, de elektrische stormen die daar verschrikkelijk zijn en de bendes van rovers die naar de trede van de zwakke menigte gaan, zeker van het kunnen verslaan van de schaarse pionage die hen leidt. En het is ongeveer dertienduizend dollar geweest, wat erg goed voor me is geweest om de situatie te redden. Ik ben van plan nog eens duizend te verzamelen en terug te keren naar San Antonio voordat het seizoen van de route eindigt, want zodra de winter verschijnt, kan het niet met vee worden overgestoken, "

McClellan nam goed nota van alles wat zijn partner hem had verteld en zonder tijd te verspillen belde hij Saúl en vertelde hem over zijn gesprek met de boer.

Saul vroeg:

"Wat bedoel je daarmee?

"Dat het voor mij een oplossing zou zijn om mezelf in San Antonio te kunnen presenteren met duizend stuks vee als proef en ze te verkopen zoals onze buurman heeft gedaan. Als ze me betalen zoals hij en zelfs voor een dollar minder, zou ik ze verkopen, omdat acht- of negenduizend dollar in de hand veel van mijn problemen zou oplossen die momenteel geen oplossing hebben.

'En ik wilde je mening weten voordat ik aan het avontuur begon.'

Saul dacht even na en antwoordde toen:

"Als je denkt dat dit bedrag absoluut klopt en je situatie redt, lijkt het mij logisch dat je de oplossing voor het probleem erin ziet, al weet je dat je met die verkoop geld verliest.

'Dat weet ik, maar het is beter een beetje te verliezen dan te zinken. Als het beter wordt, blijven we onze hoofden opheffen tot we weer normaal zijn en met dat geld kan ik goed op adem komen.

'Oké, maar heb je iets heel interessants bedacht dat alles zou kunnen compliceren?

"Waarin?

'Daarin heb je in San Antonio geen enkele keer een koper voor ze gevonden. Wat zou hij dan doen, ze terugbrengen, de zaken ingewikkelder maken of hoe dan ook blind op pad gaan?

De rancher verstijfde bij de waarschuwing van zijn voorman. Dit was iets waar hij niet aan had gedacht. Ten slotte antwoordde hij:

"Ik denk niet dat ik zoveel pech heb. Mijn buurman heeft me verteld dat er verschillende mensenhandelaars zijn die het vee kopen en sommigen zouden het houden, zelfs als ze meer zouden verliezen bij de verkoop.

"Laten we erop vertrouwen dat dit het geval is, maar ik sta erop dat je over alles moet nadenken. Wat zou je doen als je ze daar niet zou verkopen?

"De waarheid is dat ik het niet weet.

'Nou, je moet er eens over nadenken voordat je een enkel gewei uit de wei haalt.

'Je mag volgens de wet niet aan dat avontuur beginnen, dat zou je minstens vier maanden van de ranch weghouden. Hij kan zijn dochter niet alleen laten met het risico te worden aangevallen door een machtige bende en zijn vee te verliezen en, wie weet zijn leven, in het bedrijf.

"Ik ben niet bang voor de wisselvalligheden van de route, zolang het maar de natuurlijke zijn die een man kan verslaan, maar ik draag niet de verantwoordelijkheid om mezelf te lanceren met duizend horens en slechts vier mannen die ik zou kunnen dragen, omdat als ze ons zouden aanvallen, nee, het zijn krachten om zich tegen een machtige bende te verzetten en alles zou verloren gaan en jij en ik, ik denk dat het te veel zou zijn om bloot te leggen voor de mogelijkheden die ik heb aangegeven.

"Dit is het probleem dat je moet bestuderen. Als hij het bestudeert en een besluit heeft genomen, zullen we praten. "

McClellan bestudeerde het en zocht naar de tussenformule.

'Ik heb al besloten, Saul. We zullen het vee naar San Antonio brengen en proberen ze te verkopen. Als het ons niet lukt, gaan we naar hen terug en laten we het zijn wat God wil.

'Is dat uw vaste besluit?

'Ik heb geen ander, Saúl. Als ik niet probeer te zwemmen en mijn hoofd uit het water te tillen, verdrink ik. Daarom, als ik moet verdrinken, is het niet omdat ik niet heb geprobeerd om boven water te komen.

Ga je alleen?

'Nee. Ik wil dat je met me meegaat, voor het geval ik je nodig heb.

"En wie gaat dit en zijn dochter regelen?

"Ik heb erover nagedacht. O'Hara, die mijn voorman was tot hij met pensioen ging, woont in de buurt, doet niets, en ik weet zeker dat hij ermee instemt om hier te blijven en hier voor te zorgen, zonder met het vee te hoeven werken. Wij zullen vijf pionnen achterlaten en we zullen er vier nemen.

'Heb je O'Hara al gesproken?

"Nee, voordat ik met je wilde overleggen.

'Wat mij betreft ben ik vastbesloten om te doen wat u opdraagt. Praat met hem en als hij het accepteert, zullen we het beste vee kiezen om te zien of ze er goed uitzien en ze zullen ons tien dollar betalen. Terwijl we de reis maken, zullen we proberen er het beste van te maken.

'Akkoord. Ik spreek vandaag met O'Hara.

De voormalige voorman luisterde naar de redenen van McClellan en bood aan om naar de ranch te verhuizen en onder de hoede te zijn van Barbara en de monteurs van de boerderij. Hij was een energieke man, had gezag en stond bekend om zijn praktijk op dit werk.

Toen Barbara hoorde van de beslissing van haar vader, leek ze niet erg gelukkig.

'Ik hou niet van die reis, pap,' zei hij. Ik denk dat San Antonio gevaarlijk is geworden en dat er iets ernstigs met je kan gebeuren.

'Ik zal proberen niet op gevaarlijke plaatsen te komen, mijn dochter. Trouwens, Saúl gaat met mij mee en ik zal vier arbeiders nemen om voor het vee te zorgen. Houd in gedachten dat de economische situatie die we doormaken zeer kritiek is en dat ik dat geld nodig heb, zoals de weiden in mei water nodig hebben.

'Ik besef het, pap, maar je leven is meer waard dan al het geld van de wereld. Denk dat ik alleen jou heb...

'Daar denk ik aan en aan veel dingen, Barbara, en ik beloof zo voorzichtig te zijn als de omstandigheden ons adviseren. Omdat het vee buiten de stad blijft, is het een kwestie van ons oriënteren tot we een koper hebben gevonden. Zodra de deal is bereikt en gesloten, neem ik het geld, geef ik hem het vee en gaan we terug.

'Terwijl we weg zijn, blijft O'Hara hier. Je weet dat hij een oprechte, dappere en loyale man is, en het zal je niet ontbreken aan de nodige bescherming. "

Barbara durfde niet aan te dringen, maar later zocht ze Saul op en benaderde hem:

“Mijn vader heeft gerealiseerd wat hij projecteert.

"En dat?

"Ik heb geprobeerd hem ervan te overtuigen hier niet weg te gaan, maar hij heeft me redenen gegeven waar ik me niet tegen heb kunnen verzetten.

"Ik ook niet; daarom heb ik er niet op aangedrongen.

“Toch ben ik bang. Het zal dwaas zijn, maar er is iets dat me overweldigt, want ... ik weet het niet ..., het lijkt alsof hij voelt dat er iets met hem kan gebeuren.

“Ik vertrouw erop dat het niet gebeurt, want ik ga niet naar zijn zijde als sieraad.

'Ik weet het, Saúl, en dat kalmeert me een beetje. Ik weet dat je een loyale man bent zoals weinig anderen en dat je van mijn vader houdt alsof hij van jou is.

'Bedankt voor het goede concept dat u altijd van mij hebt gehad, juffrouw Barbara. Ik verzeker je dat ik voor hem en voor jou zo ver zou gaan als een man van hart kan gaan. Het is alles wat ik je kan vertellen.

“Ik weet het en ik waardeer het. Zorg goed voor hem, Saul. Je weet dat ik alleen mijn vader in de wereld heb en dat, als er iets met hem zou gebeuren, wat er van mij zou worden?

'Laten we hopen dat je niets overkomt, maar je weet dat ik in ieder geval..., ik..., zo nodig mijn leven voor je zou riskeren. Waarom meer zeggen?

Ze antwoordde niet en liet haar hoofd zakken. Saul had zoveel hitte in het offer gestopt dat ze leek te raden door welk sentiment het was geïnspireerd.

Saúl, van zijn kant, besefte dat hij te expressief was geweest en, om de gênante situatie te redden, draaide hij zich om en ging naar de weide waar hij persoonlijk voor de keuze van het vee moest zorgen.

Zonder te weten waarom brandde een verborgen vuur zijn borst. Hij voelde zich nerveus, rusteloos, gegrepen door koortsachtige opwinding, en hij vroeg zich af of hij in zijn enthousiasme niet iets ongemakkelijks had gezegd toen hij de jonge vrouw antwoordde.

Maar het was iets zo spontaans geweest dat zelfs hij niet had beseft dat het vuur in zijn woorden was gestopt.

HOOFDSTUK III

IN DE KLAUWEN VAN DE OCTOPUS

Het vee werd zorgvuldig gecontroleerd. Saúl probeerde het meest lucide vee te kiezen in de hoop dat als ze tijdens de reis niet zouden afvallen, ze tot tien dollar per stuk zouden kunnen ophalen.

Hij koos slechts drie pionnen. Rekenend op de hulp van de boer en die van hemzelf, was hij van mening dat ze voldoende waren om naar San Antonio te gaan en een grotere uitgave zouden vermijden.

O'Hara kwam naar de ranch om McClellan te voorzien van de zorg voor de ranch en met de garantie van de voormalige voorman op de ranch vertrokken ze meer ontspannen.

Het rijden verliep soepel en op een avond eind mei bereikten ze de rivieroever, met uitzicht op de tumultueuze stad.

De immense weide toonde de sporen van de ongewone beweging van vee. Het gras werd geschopt en platgedrukt door zoveel hoeven als het erover was gegaan en, handig uit elkaar geplaatst om te voorkomen dat het vee zich vermengde, stonden enkele kuddes te wachten om de route naar het noorden te beginnen.

De boer en Saúl zochten een geschikte plek om de bundel te bewaren. Ze vonden een regelmatige holte met enkele hoge hellingen aan de zijkanten, die heel goed zouden dienen als een barrière voor het vee, wat de taak van de drie jongens die ernaar zouden blijven kijken, zou vergemakkelijken.

'Wat moeten we doen?' vroeg Saul 'Zullen we naar het dorp gaan of laten we het voor morgenochtend?

'Ik denk dat we hem nu moeten bezoeken. U weet al dat op deze plaatsen de activiteit van de mensen 's nachts plaatsvindt en dat het overdag moeilijk is om iemand te vinden die in deze kwestie geïnteresseerd is.

"Nou, als je wilt, laten we gaan.

Ze gaven de pioenen strenge instructies om de bundel angstvallig te bewaken en gingen ervan uit om naar de kern van het dorp te gaan dat bijna een mijl verderop lag. De middag begon te vallen en van verre waren er al lichtjes te zien.

Ze waren amper een paar meter verwijderd van de kudde, een cowboy-uitziende kerel, blijkbaar verveeld rondlopen, benaderde McClellan en vroeg:

"Heb je een pion nodig voor de route?

"Nee, heel erg bedankt," antwoordde de boer.

"Je hebt te weinig mensen om op een te gevaarlijke plek te komen", merkte de pion op.

"Dat weet ik, maar ik ben niet van plan om de route te volgen. Ik kom hier het vee verkopen.

'Dat is iets anders. Je brengt heel helder vee mee.

"Bedankt.

"Je zult voorzichtig moeten zijn met de mensenhandelaars. Ze profiteren van de noodzaak om te verkopen en bieden een schijntje. Behalve een paar van hen, die fatsoenlijker en attenter zijn, zijn de rest slagersgieren.

De boer scheen geïnteresseerd te zijn in het gesprek van de pioen, want hij vroeg vriendelijker:

'Je bent heel goed bekend met deze zaak, nietwaar?

'Nou... regelmatig. Ik kwam om te wachten op het peloton van een rancher die zich aan mij had verplicht om me in zijn team op te nemen, maar ik weet niet wat er is gebeurd dat niet is aangekomen en ik wacht al twee weken op hem. Omdat ik het wachten beu ben en mijn geld opraakt, ben ik op zoek naar apparatuur. En natuurlijk, in twee weken niets doen en tijd verspillen in tavernes en gokhuizen, hoor je veel en zie je veel. Daarom vertelde ik hem dat, op een paar mensenhandelaars na, de rest, voor zover ik weet, slechts gieren zijn.

'Dus, zou je zo vriendelijk willen zijn me door te verwijzen naar een van die twee met wie ik iets kan doen? Ik kan je niet als arbeider toelaten omdat ik niet naar Abilene ga en ook omdat er geen vacature is op mijn ranch, maar als ik een fatsoenlijk loon voor mijn vee kan krijgen, beloof ik je een bonus te geven om de tijd te compenseren je hebt hier uitgegeven zonder een cent te verdienen.

"Dank je. Je bent erg aardig.

'Als je tussenkomst mij ten goede komt, is het niet meer dan eerlijk dat ik je op de een of andere manier beloon.

"En ik zal het accepteren, want de waarheid is dat ik geld tekort heb.

"Ik kan er één aanwijzen. Het is de meest populaire en degene die meestal de meeste zaken doet. Hij heeft een verzendsysteem naar Abilene, en als hij vijf- of zesduizend stuks verzamelt, brengt hij ze daarheen en bereidt zich voor om een nieuwe kudde te verzamelen. Als de tijd het toelaat, zal hij vee en vee naar Abilene sturen.

"Weet je voor hoeveel je ze meestal betaalt?

"Ja, tussen de acht en negen dollar. Pas als je iets bijzonders wordt aangeboden, betaal je tien dollar.

'Heb je het vee gezien dat ik meebreng?

"Natuurlijk heb ik het gezien en zelden komt het vee zo goed gevoed aan.

'Dus, denk je dat ik tien dollar kan vragen?

"Mijn advies is dat je ze niet minder dan die prijs geeft. Ze bieden je minder; Ze zullen je zelfs laten geloven dat als je niet accepteert, ze niet geïnteresseerd zijn; Maar als je standvastig blijft, laten ze je ze niet aan anderen aanbieden.

'Nou, heel erg bedankt voor je verslagen. Waar kan ik die man vinden?

'Ik breng je waar het gewoonlijk ophoudt. Ik weet niet of hij er al zal zijn, maar als hij er niet is, zal het niet lang meer duren. Laat me met je praten ... Ik zeg het, omdat ik je onlangs een klein bundeltje heb gegeven dat lijkt op dat van jou en je hebt me twintig dollar gegeven om je in contact te brengen met de verkoper. Het was niet veel, maar het hielp.

"Nou, loop weg en je zult ons de plaats laten zien.

Het drietal arriveerde bij de stad en ging de hoofdstraat in, die vol was met het publiek.

De lokale bevolking had hun lichten al aangedaan en ze verlevendigden de drukte van de brede weg nog verder. Bijna alle voorbijgangers zagen eruit als mensen die verwant waren aan vee en dat was niet verwonderlijk, want in die tijd was vee alles in de stad.

De pion leidde hen naar "The Silver Dollar", die op dat moment in een goed humeur was.

De pion waarschuwde voor het invoeren:

"De plaats is een bar met een gokhal aan de achterkant, maar de mensen hier voelen zich niet op hun gemak op andere plaatsen. Ze moeten drinken en spelen om gelukkig te zijn, zeker als je er rekening mee houdt dat velen met één voet in de stijgbeugel staan om de route te starten en dat hen minstens drie maanden van ontbering en heel hard werken te wachten staat.

De pion keek om zich heen en zei toen:

'Hij is nog niet gekomen, maar ik denk niet dat het laat zal zijn. Ga even zitten en drink wat, en in de tussentijd, als je me toestaat, ga ik een vriend die op me wacht bij "El Caballo Salvaje" vertellen dat we je later zullen zien. Het bedrijfsleven staat voorop.

Hij liet hen met rust en verliet het pand. De boer merkte op:

"Hij heeft ons zeer waardevolle rapporten gegeven die zullen voorkomen dat we gedesoriënteerd raken en tijd verspillen. Als, zoals hij zegt, hij een van de eerlijkste mensenhandelaars is en we de zaak vanavond oplossen... Morgen kunnen we terug naar de ranch.

En na het bestellen van een "whisky" maakten ze zich klaar om te wachten op de terugkeer van de arbeider en de komst van de dealer.

De pion, zoals hij had aangegeven, ging naar "The Wild Horse", waar hij heel blij en met een glimlach op zijn lippen binnenkwam.

In de plaats zat Gregory Scott aan een tafel, samen met "El Pecas" en nog een. Gregory zag de jongen binnenkomen en staarde hem aan.

Toen hij naar de tafel liep, vroeg hij:

"Heel blij dat je komt, Roger... Wat is er?

"Dat ik denk dat ik hem een goede prooi breng.

"Ja?

"Ja. Het gaat over een boer die duizend van het beste vee brengt dat ik ooit heb gezien. Ik bood mezelf aan als arbeider, zoals gewoonlijk, en hij vertelde me dat hij niet van plan was naar Abilene te gaan, maar om te verkopen het vee hier. Ik heb hun vertrouwen verdiend en heb ze gezegd dat ik je ga voorstellen aan een garantiekoper. Ik denk dat het een goede deal is.

Gregorius glimlachte. Dergelijke zaken hadden hem goede winsten opgeleverd op basis van een bepaalde truc die hij heel goed had geoefend, hoewel het een beetje bloot was.

"Waar is de man?

'Ik heb hem bij zijn voorman achtergelaten in' The Silver Dollar. "Ik zei je dat je snel zou komen en dat ik in de tussentijd hier een vriend moest zien die op me wachtte.

"Nou. Ga terug en over een tijdje zal ik gaan. Als ik binnenkom, benader je me om over de zaak te praten en me voor te stellen. Ondertussen zal "El Pecas" de zaak voorbereiden zoals andere keren.

Roger verliet de gokhal en keerde terug naar 'The Silver Dollar'.

"Ik ben terug" zei hij. Mijn vriend is naar de gokkamer gegaan en heeft me verteld dat ik hem daar zal ontmoeten. Ik denk dat als ik niet ga, ze hem er bij sluitingstijd uit moeten schoppen.

Een kwartier later zag hij "El Pecas" binnenkomen met twee anderen. Het trio naderde een tafel waar nog drie anderen zaten en trok krukjes rond de tafel. Toen sprak "El Pecas" zacht met iedereen.

En een kwartier later maakte Gregory, die helemaal alleen was, zijn opwachting.

Zijn gedistingeerde voorkomen, zijn dure en verzorgde kleding en zijn aantrekkelijke figuur leken te bevestigen dat hij een buitengewone man was. Voor degenen die hem niet kenden, voor degenen die niets wisten van zijn zwarte geschiedenis, hij kon doorgaan voor een rijke mensenhandelaar, verre van worstelend in de laagste diepten van de stad.

Hij ging naar de toonbank en bestelde een "whisky". De winkelbedienden begroetten hem met slaafsheid.

Roger, die naast de rancher zat, verklaarde:

"Dat wil zeggen. Zijn naam is Gregory Scott. Afgaande op de zaken die ik je heb horen runnen, moet je je geld verdienen met een handjevol.

Hij stond op en voegde eraan toe.

'Ik ga met hem praten. Ik denk dat het voor mij geen probleem zal zijn om met jou te praten.

Hij liep naar de toonbank en groette hem luid. Toen sprak ze hem op gedempte toon aan en wees naar de tafel waar McClellan en Saul zaten.

Even later liepen ze allebei naar de tafel.

"Heren", zei Roger, "ik presenteer u meneer Scott, over wie ik u in de rivier heb gesproken. Hij zegt dat hij, hoewel hij de laatste tijd veel vee heeft gekocht, de verkoop kan bespreken als het iets de moeite waard is.

McClellan antwoordde, nadat hij Gregory de hand had geschud:

"Het vee kan je zien wanneer ze maar willen, maar je hebt ze gezien en je hebt gezegd dat ze de beste zijn die je hebt zien aankomen in San Antonio.

En ik bevestig het. Ik denk dat ik nogal wat van vee begrijp.

Gregory zat naast de boer en zei:

"Als Roger dat zegt, zal ik hem moeten geloven, want hij heeft me al twee bundels gebracht en ik kon zien dat hij veel van hoorns begrijpt.

Hij stak een sigaret op en vroeg toen:

'Hoeveel vee brengen ze mee?

"Duizend.

"Heeft u enig idee van de prijs die u ervoor wilt vragen? Ik wil je waarschuwen dat dit niet is waar ze goedkoop kunnen worden betaald, maar in Abilene. Als ik ze koop, heb ik een grote kostenpost in het rijden en bovendien het risico dat ze worden gestolen of dat er een stormloop ontstaat. Mijn winst is dat, maar een gok wagen die niet klein is.

"Ik heb me daar al iets op oriënteren en ik kom niet met de pretentie om een rondje zaken te doen, maar ik heb ze ook niet meegenomen om ze weg te geven. Ik heb het beste van mijn weiland gekozen om er het maximale uit te halen, omdat ik geld nodig heb en ik niet in de positie ben om mezelf in het weiland met het grootste aantal runderen te lanceren.

"Nou, vertel me een cijfer.

'Tien dollar per hoofd en geen cent minder vanaf daar. Ik wil geen tijd verspillen met onderhandelen.

"Voor tien dollar is hier heel weinig vee betaald.

"Maar sommige zijn betaald en de mijne kunnen worden neergezet waar de beste zijn.

"Ik denk dat negen dollar een acceptabel bedrag is.

'Niet voor het vee dat ik meeneem.

"In dat geval denk ik niet dat we elkaar zullen begrijpen. Denk er eens over na en...

"Is aan het nadenken. Als je voor die prijs niet geïnteresseerd bent, zal ik iemand vinden die geïnteresseerd is en zo niet, dan zal ik met hen terugkeren naar mijn ranch.

"Duivel! Heb je het woord van een koning?

'In dit geval wel. Ik weet wat mijn vee waard is en ik weet dat als je ze kunt houden zoals ze zijn, ze je beter zullen betalen dan wie dan ook als je in Abilene komt.

Gregory leek na te denken en zei ten slotte:

'Nou, om me te binden, moet ik hem zelf zien. Als je wilt, gaan we naar waar je de bundel hebt, ik bekijk het en als het echt is zoals het zegt, accepteer ik de prijs. We kunnen dan teruggaan, we doen de transactie en zodra ik hem het geld heb gegeven, zal ik mannen sturen om ervoor te zorgen. Morgen vertrekt een expeditie van mij naar Abilene en ik zou met hen meegaan.

"Mee eens. De nacht is goed, er is een maan en het zal niet moeilijk zijn om het vee te onderzoeken.

Gregorius stond op.

"Kom op" zei hij. Als je wilt, Roger, kom dan met ons mee.

'Nou, ik ga met je mee.

De vier verlieten de tent om naar de rivier te gaan, waar McClellan zijn vee had achtergelaten. De nacht was prachtig, helder, met een volle maan die in al zijn pracht scheen en dit zou het onderzoek vergemakkelijken.

Saul had zijn lippen niet geopend tijdens het gesprek. Blijkbaar had hij alles normaal gevonden en had hij niets om bezwaar tegen te hebben.

Toen ze bij de rivier kwamen, gaf de boer aan:

'Daar in die holte is de bundel.

Ze gingen naar de aangegeven plaats en Gregory keek een tijdje naar de hoorns en cirkelde om het ravijn om er zeker van te zijn dat alle stieren even helder waren.

'Ik zie dat je niet overdreef, maar ik moest ervoor zorgen. Al degenen die komen beweren het beste vee te brengen en, in het algemeen, zijn ze allemaal van een vulgair gewicht. Dit zijn de uitzondering en ik accepteer de prijs.

'Dus als je wilt, kom dan met me mee. We maken het verkoopdocument op, ik betaal je en vanavond overhandig je aan mijn hoofd de bundel. Ze zullen ze naar een lege kraal leiden waar ik anderhalve kilometer vandaan heb en morgenochtend vertrekken ze naar Abilene. Wie is je voorman?

"Deze die mij vergezelt.

'Nou, wees voorbereid, als je terugkeert en mijn pionnen komen, zal ik de hoorns overhandigen. Hij zal hen vergezellen naar de kraal, waar ze zullen worden geteld bij binnenkomst. De deur is klaar zodat ze slechts één voor één naar binnen kunnen en elkaar zonder fouten kunnen tellen. Je voorman en mijn manager houden het in de gaten.

'Goed, meneer Scott.

De rancher, erg blij met hoe gemakkelijk het was geweest om het probleem op te lossen, wendde zich tot Saúl en zei:

'Blijf hier en iedereen is klaar om het vee te verplaatsen. Ik ben over een uur terug.

Saul zei niets. Hij was een beetje versuft geraakt door de dynamiek die het bedrijf omringde en geen moment was hij bang voor iets ongewoons. Misschien was haar vertrouwen geboren uit Gregory's houding en verpakking, die afweek van het gewone.

HOOFDSTUK IV

EEN DRAMATISCHE TRUC

Weer gingen ze met z'n drieën terug naar "The Silver Dollar" en Gregory ging naar een tafeltje achterin, waar een eenzame klant een glaasje cognac dronk.

Zijn uiterlijk was niet erg geruststellend en Gregory haalde een dollar uit zijn zak, gooide die op het tafelblad en zei:

'Hier, Jim, ga naar het aanrecht om te drinken en laat die tafel voor mij achter.

De klant gromde iets wat niet gemakkelijk te vangen was, nam de dollar en het glas en ging naar de bar, terwijl Gregory de boer uitnodigde om te gaan zitten.

"Hij is een arme duivel," zei hij, die vroeg opstaat, een tafel in bezit neemt en om een glas cognac vraagt en niet weggaat totdat iemand de tafel voor hem koopt door hem een dollar te geven. Het is een truc als alle andere.

Hij vroeg een kelner om een vel papier en het nodige om te schrijven, en terwijl hij de pen aan de boer aanbood, zei hij:

"Verleng alstublieft de kassabon. Ik doe graag dingen met alle legaliteit.

"Vermeld je naam, de plaats van herkomst, het aantal runderen en de prijs van elk. Leg de bon en hier is het geld. "

Hij reikte in de binnenzak van zijn jas en haalde er een uitpuilende portemonnee uit, die hij opende. McClellan kon in één oogopslag zien dat hij vol biljetten lag.

Hij haalde het ontvangstbewijs tevoorschijn en gaf het, voordat hij het ondertekende, aan Gregory om te lezen.

De gokker bekeek het zorgvuldig en gaf het terug en zei:

"Het is in orde, je kunt het tekenen.

Hij telde biljetten van honderd dollar om het totale bedrag van de verkoop te innen.

McClellan, enigszins opgewonden, tekende en wachtte tot Gregory al het geld had geteld. Ondertussen verheven achter hem de stemmen van een groep cliënten in toon.

Blijkbaar was er een ruzie tussen hen ontstaan over een toneelstuk, dat dreigde te eindigen in een gevecht.

Maar de boer, die aandacht had voor zijn zaken, merkte er nauwelijks iets van, hoewel hij de zure en dreigende stemmen van de disputanten hoorde.

Gregory duwde de stapels biljetten weg en zei:

"Tel ze, ik vind het niet erg dat hij dat doet.

McClellan stond met zijn rug naar de klanten gekeerd en probeerde met zijn lichaam de hoeveelheid geld te verbergen die Gregory voor hem had neergezet.

Hij begon snel te tellen. Het feit dat de rekeningen honderd dollar waren, vereenvoudigde de telling en het grootste deel was niet overdreven.

Roger had aan een kant van de tafel gezeten, een beetje uit de weg en met zijn gezicht naar de deur. Hij leek de gewelddadige discussie die achter de rug van de boer was losgebarsten met grote belangstelling te volgen.

Hij keurde het geld goed, stopte het in de binnenzak van zijn jas en duwde het bonnetje naar binnen en zei:

"Hier heb je de bon. Ik wens je veel succes en hoop dat dit niet de laatste deal is die we doen.

'Die tijd zal het leren. Excuseer me nu voor het verlaten van je, maar ik heb iets dringends te doen. Daar zal ik je achterlaten bij Roger, die ik later zal zien en hem zal bedanken voor zijn bemiddeling.

'Ik heb ook beloofd u tevreden te stellen en dat zal ik ook doen.

Gregory verliet de bar en McClellan, klaar om te vertrekken, haalde twee biljetten van twintig dollar uit zijn broekzak, die hij bewaarde, en bood ze Roger aan:

"Neem. Aangezien ik aanneem dat meneer Scott u een vergelijkbaar bedrag zal geven, zult u tevreden met mij zijn dat u de dag niet hebt gemist.

"Nee, natuurlijk niet, en dat waardeer ik enorm. Goede reis en tot snel hier.

'Bedankt. Misschien ben ik terug voordat de zomer voorbij is.

Opgestaan. Roger was niet van plan hem te imiteren.

'Blijft?' vroeg de boer.

"Ja, het is nog vroeg om mijn vriend te gaan zoeken.

De rancher draaide zich naar de deur om de uitgang te starten. Hij verheugde zich erop om bij zijn kudde te komen, zich bij Saul te voegen en hem het geld te laten zien. Als hij, zoals Gregory had gezegd, diezelfde avond voor het vee zou gaan zorgen, konden ze zodra ze ontbeten weer naar de ranch gaan.

Hij was net overgestoken voor de tafel waar de groep spelers nog steeds ruzie maakte en dreigde, toen een van hen een luide klap gaf aan een ander.

De reactie van de groep was snel. De vijf stonden op en vielen elkaar woedend aan met hun vuisten; maar een van hen, die zich bewapende met een kruk, wierp die boos naar degene die hem had geslagen.

De aangevallen man dook weg en vermeed de impact, maar de met kracht gegooide kruk, die over het onderwerp ging waarvoor het bedoeld leek, ging verder en sloeg McClellan op het hoofd, toen hij probeerde weg te rennen om niet bij de vechtpartij betrokken te raken.

De rancher zond een wee uit! kwellend en viel op de grond met bloed dat stroomde uit een gewone wond die hij op de achterkant van zijn schedel had opgelopen.

De wond en de hardheid van de klap schokten hem en hij viel bewusteloos op de grond.

Het gevecht stopte plotseling en verschillende jagers schoten de gevallenen te hulp in een poging hem te laten reageren, maar zonder geluk.

"Je hebt het goed gedaan", merkte iemand op. Je hebt hem bijna vermoord.

'Jij bent degene die ik had moeten doden. Je hebt me een klap gegeven en als je denkt dat ik het rustig zal accepteren, heb je het mis. Als je een man bent, ga dan met mij de straat op om de prestatie te herhalen.

'Op dit moment, luidkeels. Niemand daagt mij uit. Laten we gaan.

Ze lieten de boer op de grond liggen, gedrenkt in bloed en gingen massaal naar buiten. De baliemedewerkster en enkele klanten kwamen de gewonde man te hulp.

"We zullen hem naar een dokter moeten brengen om hem te behandelen, anders bloedt hij dood.

'Wat als de 'sheriff' wordt verwittigd? Hij moet zijn rondes langs de straat maken.

Omdat niemand bereid leek de gewonde man te dragen, beval de barmanager een van de griffiers om de 'sheriff' te zoeken en het incident aan hem te melden. Een kwartier later vond hij hem in een van de tavernes en nodigde hem uit om met hem mee te gaan naar de tent. De "sheriff", die eruitzag als een energieke man, wierp een blik op de rancher die op de grond lag met een met alcohol doordrenkte zakdoek die iemand op de wond had aangebracht en vroeg:

"Wat is er gebeurd?

'Een ongeluk. Een paar maakten ruzie over een dubieuze zet en vielen elkaar aan. De een gooide een kruk naar de ander, maar toen hij hem miste, sloeg hij deze man op het hoofd en verwondde hem.

Wie waren de strijders?

"Nou... vrienden van Gregory Scott.

"Hmm! Ik weet niet hoe ik het voor elkaar krijg, dat ik Gregory en zijn gieren altijd in de problemen vind. Was Gregory daar niet?

"Het is net uitgekomen. Hij was al een tijdje aan het kletsen met de gewonde man en Roger en toen namen ze afscheid.

Roger bleef onbewogen op zijn stoel zitten.

De "sheriff" sprak hem aan en vroeg:

'Wat deed deze man met Gregory?

"Ze wisselden indrukken uit over een bundel die die boer wilde verkopen. Blijkbaar bereikten ze een overeenkomst voor de verkoop en Gregory vertrok en bleef om hem te zien waar hij het vee heeft. Ik weet niet meer.

'Oké, eens kijken, twee van jullie helpen me deze man naar de dichtstbijzijnde dokter te brengen. Waar zijn de strijders?

"Ze zijn hier uitgedaagd vertrokken en meer weten we niet.

McClellan werd behandeld door een nabijgelegen arts, die een vrij diepe hoofdwond en hersenschudding opliep.

De dokter adviseerde dat hij, zodra hij genezen was, naar het ziekenhuis moest worden gebracht, waar hij een paar dagen zou moeten blijven, als de wond niet gecompliceerd zou worden.

De "sheriff" keerde terug naar zijn kantoren en vertrouwde een van zijn commissarissen toe om de overdracht te beheren.

Om erachter te komen wie de gewonde man was, doorzocht hij eerder zijn kleren. Hij vond enkele documenten die zijn persoonlijkheid en zijn afkomst bewezen. Hij vond ook zestig dollar in zijn broekzak, maar meer niet.

De "sheriff" riep een andere van zijn commissarissen, want hij had er twee onder zijn bevel en zei:

'Voor zover ik kan zien, probeerde deze man een bundel te verkopen die hij uit Encinal had meegebracht. Blijkbaar zou het niet erg groot moeten zijn, dus kijk in de buitenwijken naar een klein bundeltje en ontdek welke van deze man is. Iemand moet met hem zijn meegekomen om de bundel te verdrijven en zijn pionnen moeten worden geïnformeerd. Met wat je ontdekt, kom me later opzoeken.

De commissaris, die het bevel gehoorzaamde, verliet de stad langs de loop van de rivier.

Saúl wachtte nerveus op de terugkeer van zijn werkgever. Hij had geen reden om ongerust te zijn, maar hij hield er niet van gescheiden te zijn van zijn werkgever, want op deze gevaarlijke plek, midden in de nacht en met tienduizend dollar op zak, was het erg bloot om alleen te lopen.

De tijd verstreek en McClellan verscheen niet. Dit maakte de trouwe voorman alleen maar nerveus.

En hij stond op het punt de bundel te verlaten en terug te keren naar de stad op zoek naar de boer, toen een van de commissarissen van de sheriff hem benaderde.

De commissaris vroeg, na welterusten te hebben gezegd:

'Van wie is dit stel?

McClellan Nilson van Encinal.

Ben jij een pion in zijn team?

'Ik ben uw voorman en mijn naam is Saúl Perkins.

"Weet u waar uw werkgever is gebleven?

"Ja, commissaris. 's Avonds hadden we een deal met een veehandelaar, die Gregory Scott heette, en mijn werkgever maakte een afspraak met hem om hem de bundel te verkopen. Ze waren hier naar de hoorns aan het kijken en ze marcheerden om de verkoop af te ronden. Ik wacht op de terugkeer van mijn werkgever, die vrij laat is.

"En het zal nog meer worden uitgesteld. voorman. Zijn werkgever is momenteel in het ziekenhuis van San Antonio.

Saul verstijfde als een paal.

"Wat zeg je? Is het dat... ze hem hebben beroofd en? ...

"Zoveel als aanmeren, nee, maar toen het blijkbaar "The Silver Dollar" verliet, veroorzaakten enkele jongens met een nogal dubieuze toestand een gevecht en toen ze een stoep naar elkaar gooiden, misten ze hun doel en sloegen het hoofd naar zijn werkgever, die zonder verstand werd achtergelaten. Mijn baas raapte hem op om te genezen en moest naar het ziekenhuis worden gebracht, waar hij een paar dagen zal moeten blijven tot de blessure geneest. Mijn baas stuurde me om uit te zoeken waar zijn bundel was om u op de hoogte te stellen van het ongeval.

Saul was woedend toen hij het verhaal hoorde. Nu voelde hij zich meer dan ooit gekwetst dat hij de boer met rust had gelaten.

Nerveus vroeg hij:

"Vertel me de waarheid... Is het serieus?

"Het lijkt alleen relatief, als er geen complicaties optreden. Het ergste is op dit moment de schok die hij doormaakt,

"Wil je zeggen dat je gewond raakte toen je "The Silver Dollar" verliet?

"Dat is wat de getuigen hebben verklaard.

"Dan had hij de verkoopovereenkomst al moeten sluiten en het geld op zak hebben. Heb je het opgehaald?

"Ze vonden maar een paar dollar in zijn broekzak.

Saúl werd even geschorst. Het leek hem allemaal zo vreemd dat hij er niet helemaal in kon passen.

'Ik begrijp het niet, commissaris. Mijn baas ging met alles over de tent naar de tent om het vee aan Gregory Scott te verkopen en als hij op weg naar buiten gewond raakte, moest hij het geld met zich meedragen.

'Hij droeg het niet en wat betreft je omgang met die vogel, heb je geen gevaarlijker vent gevonden om deals mee te sluiten?

Gevaarlijk zegt u? Die ons met hem in contact bracht, verzekerde ons dat hij een van de meest serieuze en eerlijke mensenhandelaars in San Antonio was. Zijn uiterlijk leek overeen te komen met degene die ons informeerde,

'En wie heeft u geïnformeerd?

"Een persoon die ons zag aankomen met het vee en zich aanbood als straatpion. Toen we hem vertelden dat we hem niet nodig hadden, omdat ons idee was om het vee hier te verkopen en niet naar Abilene te gaan, was hij spraakzaam en gaf ons veel informatie over de kwestie. Hij vertelde ons dat er maar een paar dealers waren die de moeite waard waren om mee om te gaan en bood aan ons er een voor te stellen. Hij was degene die ons in contact bracht met Gregory Scott.

'Heel ingenieus, al die voorman, maar het spijt me je te moeten zeggen dat ze je in een wat vreemd labyrint hebben gestopt. Die Roger, als hij is wie ik vermoed, staat onder Scott, die de gevaarlijkste en meest ongrijpbare schurk van heel San Antonio is. Hij rook het bedrijf en werkte met succes om het te organiseren.

'Dus, denk je dat Scott... stappen heeft ondernomen om het vee en het geld te houden?

"Ik weet het niet, mijn vriend. Scott was niet meer in de herberg toen zijn baas gewond raakte, waarvoor hij van niets kan worden beschuldigd; Maar aangezien degenen die de vechtpartij begonnen bekend staan als zijn vrienden, is het redelijk om aan te nemen dat ze hadden een val opgezet om zijn geld te stelen.

'Wat zouden ze voorschieten als het vee niet aan hen is afgeleverd?

"Ik weet het niet. Alles is zo verward dat zolang uw werkgever niet bij bewustzijn komt en spreekt, het niet mogelijk zal zijn om op te helderen wat er is gebeurd. Daarom weten we niet of het bedrijf is voltooid, zelfs niet als de werkgever daadwerkelijk geld heeft ontvangen.

Saúl, die steeds meer in de war raakte, wist niet wat hij moest doen. Zijn impuls was om naar het dorp te rennen om zijn meester te zien, maar hij durfde het vee niet in de steek te laten.

Ten slotte was het verlangen om hem te zien en zijn ware toestand te kennen sterker dan wat dan ook en zich wendend tot een van de drie mannen die hem hadden vergezeld, zei hij:

"Je hebt het al gehoord. De baas ligt in het ziekenhuis en het is mijn plicht om hem te bezoeken en te informeren naar zijn toestand. Ik laat je in de zorg voor het vee en onder geen enkel voorwendsel geef je ze aan iemand. Als iemand hem komt zoeken, zeg je hem te wachten op mijn terugkeer, begrepen?

De drie bevestigden dat ze dat zouden doen en Saúl keerde samen met de commissaris terug naar de stad.

'Waar is het ziekenhuis?' vraag ik.

"Je zou op dit moment niets vooruit helpen door daar te verschijnen, omdat ze ze niet binnen zouden laten. Ik zou het alleen krijgen als ik vergezeld zou gaan van de 'sheriff'. Daarom denk ik dat je het beste met me mee kunt gaan naar de kantoren en met mijn baas kunt praten. U kunt enkele lacunes verduidelijken die u het meest geschikt acht.

Saúl nam ontslag. Aan de andere kant wilde hij uit de mond van de "sheriff" details horen die hij ook niet had om de zaak te beoordelen.

Toen ze bij de kantoren aankwamen, introduceerde de commissaris Saúl en zei:

'Baas, dit is de voorman van de gewonde man. Ik bracht het naar hem omdat hij naar het ziekenhuis wilde om zijn baas te zien.

De "sheriff" wees naar een stoel en zei:

"Ze zouden hem negeren als hij zou komen opdagen en aan de andere kant zou ik niets doen door hem te zien, als hij geen kennis heeft. We zullen moeten wachten tot het hersteld is. Daarom is het beter als u wacht tot het daglicht is en in de tussentijd doet u er goed aan mij alles te vertellen wat u over de zaak weet. Ik heb het gevoel dat het iets heel stevigs is, iemand een hekel te geven. Ik probeer al heel lang een man in de val te lokken, en tot nu toe was hij erg bedreven in het eten van kaas en het vermijden van de bouillon.

'Je bedoelt die man genaamd Gregory Scott? Zijn commissaris heeft me iets onaangenaams over hem verteld.

"Dat is wat ik bedoel. Hij is de nummer één schurk van San Antonio en hij heeft een behoorlijk zwart record; maar hij is slim en weet hoe hij dingen moet doen om elke beproeving die hem schaadt te vermijden. Ik wacht altijd om iets tastbaars te vinden om het gewicht van de Wet op toe te passen, maar het is me niet gelukt. Morele bewijzen zijn nutteloos, en materiële bewijzen ontwijken ze met verbazingwekkende vaardigheid. Natuurlijk is er een gezegde dat "de kruik zo vaak naar de bron gaat dat hij ooit breekt" en ik ben op zoek naar de steen waar hij struikelt en zijn schild breekt. Vertel me hoeveel je weet om te zien of het ergens nuttig voor is.

Saúl, gespannen, vertelde hem van alles wat hij met Roger had gesproken, hoe hij hen naar "The Silver Dollar" had gebracht om hen in contact te brengen met Gregory en hoe hij, nadat hij het vee had gaan zien en zijn toestemming had gegeven, hij had gemarcheerd met McClellan om de verkoop af te ronden en het geld te overhandigen.

De "sheriff", na goed te hebben geluisterd, zei:

"Wat nu nog te weten valt, is of de transactie is gedaan en of zijn werkgever het aankoopbewijs heeft ondertekend en het geld heeft ontvangen, Roger, die aan de bar was toen ik aankwam, verklaarde dat zijn werkgever en Gregory hadden geprobeerd wat vee te verkopen , maar wie wist niet meer. Ik vermoed dat hij alles wist, of alles wist, maar hij wilde wegglippen en zijn tong niet loslaten.

Als, zoals logisch lijkt, de transactie tot stand is gekomen, heeft Gregory, te slim, zijn persoonlijke verantwoordelijkheid in de zaak ontdoken, zoals door onpartijdige getuigen is bewezen dat hij de gokhal verliet voordat het gevecht uitbrak. Maar dit zegt niets, want alles, hij zou bereid kunnen zijn om zijn baas te ontslaan toen hij probeerde te vertrekken nadat Gregory was vertrokken en op de een of andere manier het geld dat hij had ontvangen uit de verkoop van de bundel in beslag te nemen.

"Als je denkt dat Gregory je het geld zou kunnen geven, met het risico dat het plan zou mislukken als dat er was?

"Waarom niet? Gregory beheert geld en uiteindelijk zou hij niets verliezen, want als hij voor het vee zou betalen en ze de koopakte ondertekenen, is het vee van hem en is het het geïnvesteerde geld waard.

'Hoe? Heb je... het recht om de bundel te houden nadat het geld van mijn werkgever is gestolen?

"Juridisch natuurlijk wel. Hij heeft het vee betaald en in ruil daarvoor heeft hij een verkoopdocument gekregen. Voor de wet is hij de eigenaar van het vee als niet bewezen is dat hij heeft deelgenomen aan de diefstal van het geld, omdat hij met een verdraaide reden zal beweren dat hij niet verantwoordelijk kan zijn voor andere personen die het geld van zijn werkgever in beslag nemen, toen hij gewond raakte en ze probeerden hem te dienen of ze deden alsof, gewoon met het idee zijn geld te stelen.

"Als het niet dat type is, is het incident iets dat buiten hem kan plaatsvinden, omdat hier veel ongewensten zijn die de adem van een mug kunnen stelen. Het was voldoende dat ze de geldwissel hadden gezien om het daar of elders eens te worden en het te stelen. Het is niet de eerste die midden op straat wordt beroofd om hem te beroven van wat hij net had gekregen of verdiend.

"Dan", vroeg Saul angstig. Als die man vanavond komt opdagen zoals hij zei, om voor het vee te zorgen, moet ik dan... moet ik het hem geven?

"In overeenstemming met de wet; zo zou het moeten zijn en hij zou mijn ondersteuning kunnen vragen met het koopcontract in orde. Dit is iets waar ik bang voor ben en daarom probeer ik erachter te komen of er enig bewijs is dat sterk genoeg is om het te voorkomen en zelfs om Gregory van streek te maken.

"Waarom stop je die Roger niet? Hij was de link ...

'Denk je dat dat het bewijs zou leveren? Roger is een moerasschildpad met veel schelpen. Ik zou zeggen dat Gregory hem een commissie geeft om hem te voorzien van vee dat bij hem past en aangezien Gregory in werkelijkheid stieren wettelijk heeft gecontroleerd en onderweg met hen handelt, zou hij niet verklaren dat hij op de achtergrond was van de opgestelde plannen om zijn werkgever van geld te beroven zou gewoon het ontvangstbewijs hebben ondertekend. Roger zou niet legaal dienen, tenzij hij besloot om dingen te melden die hij weet, en dat zou hij niet doen, omdat hij weet dat hij door dat te doen zijn doodvonnis zou hebben ondertekend.

"Het blijft alleen om uit te zoeken wie degenen waren die de vechtpartij hebben gepleegd of hebben gedaan alsof ze het hebben opgezet, om hun werkgever pijn te doen en hem zijn geld te beroven. Ik heb opdracht gegeven om navraag te doen om de relschoppers te lokaliseren; maar ik vrees dat het lang zal duren voordat dit bekend zal zijn en zelfs nog langer om ze te lokaliseren, omdat ze ervoor zullen hebben gezorgd dat ze zich snel hebben gecamoufleerd om het spoor uit te wissen en het moeilijker te maken om de waarheid op te helderen.

Saúl, die steeds onrustiger werd, riep opgewonden uit:

"Nee, dat kan niet! Jij hebt de bevoegdheid om in te grijpen en Gregory's onwettige recht om het vee te nemen op te schorten. Dit alles heeft iets verwarrends en het is aan jou om plundering te voorkomen.

'Want houd er rekening mee dat Gregory heeft geregeld dat hij vanavond komt om het vee te halen. Hij zei dat hij zich bij het ochtendgloren zou voegen met een grotere roedel op weg naar Abilene, en als hij hem meeneemt, is mijn baas zijn vee en geld kwijt, waardoor hij op de rand van de afgrond staat.

'Ik smeek je om met me mee te gaan om te wachten op de komst van die menigte en ik vraag dat het vee ingrijpt totdat alles is opgehelderd. Doe het zo, want als je het niet doet, zweer ik dat ik iedereen neerschiet die daar komt opdagen met het voorwendsel dat ze je hun vee geven".

De "sheriff", die de ernst van de redenering besefte, zei:

"Nou, laten we het proberen. Deze zaak wordt erg lelijk en ik ben bang dat het op een onaangename manier zal eindigen.

Hij riep de commissaris en beval hem om zich bij hen te voegen en ze gingen met zijn drieën naar de plaats waar de bundel had gestaan.

HOOFDSTUK V

HET EINDE VAN EEN PLOTTING

McClellans pionnen hadden stand-by gestaan op bevel van Saul. Het nieuws dat ze over hun werkgever hadden gekregen, had indruk op hen gemaakt. Het was nog geen drie kwartier geleden sinds Saul het vee had verlaten toen Gregory verscheen, vergezeld van een half dozijn jongens, die, te oordelen naar hun kleding, eruitzagen als cowboys.

Gregorius vroeg:

'Waar is je voorman?

De pion wilde hem niet uitleggen en zei alleen:

'Hij is naar het dorp gegaan. Jij wil?

'Hij stemde ermee in hier te wachten. Ik ben gekomen om het vee op te halen dat ik van je baas heb gekocht.

'Je moet of later terugkomen of wachten tot een van hen terugkomt. Ik ben niet bevoegd om een enkel rundvlees te leveren in afwezigheid van mijn werkgever en mijn voorman.

'Ik waarschuw je dat dit vee al een uur van mij is. Bij twijfel vindt u hier het verkoopdocument met de handtekening van uw werkgever.

'Ik betwist het niet, maar dat leer je onze voorman of wacht tot de baas terugkomt.

"Ik kan niet wachten en dat weten ze. We spraken af dat de operatie vanavond zou plaatsvinden, want dat vee moet bij zonsopgang naar Abilene vertrekken. Als zij het rustig aan hebben gedaan, ik niet en ik heb het vee nu nodig.

"Ik herhaal dat...

Hij kon de zin niet afmaken. Gregory's metgezellen, die zich strategisch hadden opgesteld terwijl de gokker ruzie maakte met de arbeider, trokken snel hun revolver op een teken dat een van hen hen gaf en toen de drie cowboys van McClellan wilden reageren en zich verdedigen, was het te laat, want een dozijn "Colts" bedreigden hen sinister.

'Strek je armen omhoog, snel! Gregorius besteld. Niemand is tegen mij als de reden van mij is. Hef je armen op als je niet wilt dat mijn mannen je neerschieten.

Er was geen optie; ze hadden de leiding genomen en elke poging tot verdediging was om zichzelf bloot te stellen aan het ontvangen van een paar ons lood zonder de mogelijkheid om ze terug te geven.

De drie pionnen, gespannen, gehoorzaamden en Gregory beval:

"Zet ze in een positie zodat ze niet in de weg zitten.

Een, zonder de "Colt", die stevig mikte, los te laten, ging vooruit en het eerste wat hij deed was de drie peons van hun revolvers ontdoen. Toen ze ongewapend waren en geen gevaar vormden, beval hij opnieuw:

"Zet ze goed vast en laat ze overal achter. Als zijn baas of zijn voorman komt, zal hij ervoor zorgen dat ze worden losgemaakt.

Zonder iets te kunnen doen om te ontsnappen, werden de drie vastgebonden en aan hun voeten opgesloten. Toen trokken ze ze opzij en lieten ze op de grond achter.

"Kom op, snel! "Gregory waarschuwde" Ik heb dat vee veilig nodig voordat het ingewikkeld wordt.

Nu ongehinderd drongen Gregory's metgezellen de hoorns overeind, hoewel niet erg gewillig, en snel, terwijl ze de paarden beklommen die hen daar hadden gebracht, duwden ze de bundel uit de holte.

Gregorius bestelde:

'Breng ze naar de kraal en let goed op ze. Ik ga terug naar de stad waar ik nog wat dringende dingen te doen heb. Dit is gewist.

De kudde brulde van woede omdat ze uit hun slaap was gewekt en trok weg naar het oosten en toen ze al ver weg waren, ging Gregory op weg naar het dorp.

Een wrange glimlach krulde zijn lippen. De staatsgreep was uitgevoerd zonder een enkele fout en de "sheriff", hoe hij ook probeerde zijn onderzoeken te verfijnen, kon hem nooit iets kwalijk nemen. Hij had een solide alibi waaruit bleek dat hij "The Silver Dollar" had verlaten voordat het gevecht uitbrak en de rancher werd aangevallen.

En aangezien hij kon rechtvaardigen dat hij voor het vee had betaald, volgens het door McClellan ondertekende ontvangstbewijs, had niemand het recht om te argumenteren dat hij ze had meegenomen, zelfs als het met geweld was geweest door hem de levering van wat van hem was te weigeren. Het is waar dat de "sheriff" erachter moest komen dat het incident was veroorzaakt door vrienden van hem, maar hij kon niet verantwoordelijk zijn voor wat zijn vrienden deden en nog veel meer als hij niet aanwezig was.

En wat het ontbrekende geld betreft, laat hem bewijzen wie degene was die het had gestolen.

Gregory minachtte niet dat de zaak een ietwat dichte atmosfeer zou veroorzaken en dat de zaken een paar dagen in beroering voor hem zouden zijn; maar aangezien de boer niet was overleden, maar alleen een wond had opgelopen die blijkbaar niet dodelijk was, zou de zaak min of meer laat worden vergeten en zou hij er baat bij hebben gehad met een flink aantal vee zonder meer te betalen dan een klein deel verdeeld onder degenen die hem hadden gedetacheerd.

Om deze een paar dagen uit de circulatie te laten verdwijnen, zou het voor de "sheriff" voldoende zijn om zich te vervelen en het incident te vergeten, veel te meer wanneer de belanghebbende, eenmaal uit het ziekenhuis, zou moeten terugkeren naar zijn ranch zonder daar te kunnen blijven om een zo moeilijk en verdunde zaak te verwijderen.

* * *

De verrassing van de "sheriff", van Saúl en van de commissaris, toen ze de holte bereikten en vonden dat deze leeg was van vee, was enorm, Saúl, die een klinkende vloek uitsprak, brulde:

"Wat betekent dit? Hoe is het vee verdwenen en waar zijn mijn pionnen die hebben toegelaten? ...

De commissaris, die om zich heen keek naar iets, riep:

'Ik zie daar wat knobbels, baas. Zie ze.

Hij wees naar een afgelegen plek, waar de drie peons, gebonden en gekneveld, worstelden om zich los te maken van hun banden.

Ze renden te hulp en toen Saul hen losliet, brulde:

"Wat is er gebeurd? Hoe ben je verrast?

Een van de pionnen gromde:

'Als jij hier was geweest, was jou hetzelfde overkomen. Het waren er zes en dat varken Gregory en terwijl ik ruzie met hem had en hem zei dat hij moest wachten tot je terugkwam, wezen zijn mannen naar ons en we konden niets doen om ons te verdedigen.

"Hij kwam met een stuk papier dat hij beweerde de bon te zijn voor het kopen van het vee van de baas en hij was erg verontwaardigd omdat je niet op hem wachtte zoals afgesproken. Ze hebben ons buiten werking gesteld en het vee meegenomen".

Saul brulde van moed. Ze hadden niet alleen geld gestolen van hun werkgever, waarvoor hij niet verantwoordelijk was, maar ze hadden ook het vee meegenomen en deze verdwijning werd verantwoordelijk geacht.

"Hell's Bells! "Hij brulde," Waar zijn onze hoorns gebleven?

De pion gaf aan:

'Volgens het bevel dat Gregory zijn mannen gaf, zijn ze naar een eigen kraal gebracht.

'Een kraal van jou? Weet u waar die kraal is, sheriff?

"Ja, maar... wat kun je doen? Juridisch is het vee van hen en ze zullen ze niet laten gaan. Er zou een zeer gecompliceerd proces moeten worden gevolgd en alleen door Gregory's schuld te bewijzen, zou hij terugbetaling kunnen eisen. Wanneer dat is bereikt, als het wordt bereikt, waar zal het vee dan zijn?

Saúl liet zijn hersenen op volle kracht werken. Hij nam er geen genoegen mee om alles te verliezen en zocht in ieder geval naar een manier om het vee te redden.

Ten slotte, in de overtuiging een oplossing te vinden, vroeg hij:

"" Sheriff "... ben je ervan overtuigd dat Gregory een ongekende dief en schurk is?

"Ik heb die overtuiging al heel lang, maar hij is zo slim dat ik hem nooit op het net heb weten te krijgen, hoe hard ik ook mijn best deed.

'Goed, maar hier is iets wat je kunt doen met perfect recht.

"Het feit dat?

"Mijn pionnen zijn overreden, bedreigd en geboeid. Dat is iets dat buiten de wet valt en daar kun je verantwoordelijkheid voor opeisen.

'Wat zouden we voorschieten? Gregory zal beweren dat de levering is geweigerd en dat hij, met gebruikmaking van zijn recht, het vee heeft meegenomen.

'Hij had de legale manier om naar je toe te komen en te eisen dat ze aan hem worden overhandigd. Wat uw mannen hebben gedaan, moet worden gestraft.

"Welke? Ik kan een boete of iets dergelijks opleggen.

"Het kan me niet schelen wat hij hun oplegt, wat voor mij belangrijk is, is dat hij, bij wettig gebruik van zijn gezag, in de kraal verschijnt en zijn arbeiders dwingt hem naar zijn kantoren te volgen, waar hij een verklaring zal moeten afleggen. hen van dat geweldsmisbruik te beschuldigen. en dreigt. Ik ben alleen geïnteresseerd als je ze daar een paar uur weghaalt.

"Ik kon niet iedereen meenemen. Als ze het vee in de steek laten en uit de hand lopen...

"Als kraal is het een gesloten domein, waarmee het voldoende is om er een te verlaten. Het is wat ik nodig heb.

"Zodat?

'Om hem terug te slaan. Hij heeft ons geld en ons vee gestolen. Het zou zijn om een dief te beschermen door het product te beschermen tegen de diefstal en mijn idee is, terwijl je deze jongens naar de kantoren brengt, zelfs als je ze later vrijlaat en ze bestraft met een boete, het vee dat legaal van ons is in beslag neemt en ze meeneemt weg als hij grijpt. heeft ze genomen. U kunt niet verantwoordelijk worden gehouden voor wat er buiten uw bereik gebeurt en, als Gregory dat wil, later aangifte doen van de diefstal.

"Misschien maakt dit de situatie wat ingewikkelder en raakt hij zelf verstrikt in dat web waaruit hij altijd ontsnapte. Ik wil je waarschuwen dat ik geen man ben die een aanval op mij in de lucht laat en dat ik bereid ben twee dingen te doen; een, om het vee te redden en, een andere, om zo ver te gaan als ik kan in een poging te bewijzen dat die gier de truc organiseerde om mijn baas te beroven. Ze stonden op het punt je te vermoorden, maar ook om je te beroven, en als je niets positiever tegen deze man kunt doen, mag je me helpen het te proberen.

De "sheriff" overwoog het voorstel en nam ten slotte een drastische beslissing en antwoordde:

"Je hebt gelijk. Wanneer de gebruikelijke procedures niet dienen om degenen die het verdienen te straffen, is het eerlijk om meer misplaatste paden te bewandelen om het voorgestelde doel te bereiken. Ik zal naar de kraal gaan en ik zal degenen nemen die het vee bewaken ; zelfs Gregory als hij daar is.

'Je zult hem niet vinden. Je hoorde dat hij naar het dorp ging.

'Kom op, commissaris.

Saúl, die het bevel hoorde, kwam tussenbeide:

'Ik ga hem op een afstand volgen om te zien waar de kraal is. Ik ga met mijn pioenen mee en we blijven ondergedoken tot we hem zien vertrekken met degenen die de kraal bewaken.

'Wat zal hij doen en waar zal hij het vee naartoe brengen als hij het terug kan krijgen?

'Ik weet het nog niet, maar ik zal erover nadenken. Wat ik beloof is dat Gregory het niet terug zal krijgen en dat ik hem zal bezoeken om hem verslag te doen van wat er gebeurt. Ik ben van plan in San Antonio te blijven tot mijn werkgever genezen is en het ziekenhuis verlaat. Morgen, als het vee veilig is, ga ik naar het ziekenhuis om je te zien en dan zal ik je bezoeken.

"Heel goed. Ik hou van vastberaden mensen zoals jij en voor mij zou het een genoegen zijn als iemand buiten mijn activiteiten, beperkt door de wet, me de kans zou geven om die man een hekel te geven. Niet veel dagen geleden nam hij een rivaal die hem in de weg stond en een voorwendsel zocht om hem te liquideren zonder hem de moord te kunnen verwijten.Hij is glibberig als een slang.

"Slangen hebben ook de neiging om iemand tegen het lijf te lopen die weet hoe ze op ze moeten jagen. Op een dag zal het worden gedemonstreerd.

Ze vertrokken in de prachtige gloed van de maan. De kraal van Gregory lag meer dan anderhalve kilometer verderop, op een plek aan de kant van wat vroeger de grote weg was waar de kudden uit het zuiden bijna altijd kwamen.

Toen ze dichterbij kwamen, gaf de "sheriff" aan:

'De kraal is ongeveer tweehonderd meter aan de rechterkant.

'Nou, we blijven hier achter die heg terwijl jij bij de kraal komt. Ik denk dat we hem zullen zien als hij terug in de stad is.

'Ja, ik zal hier een eindje langs passeren.

Saúl en zijn arbeiders verstopten zich achter de heg en de "sheriff", samen met de commissaris, rukte verder op tot ze de kraal bereikten.

Iemand die de ingang bewaakte, hield hen tegen:

'Wie gaat? Blijf niet doorgaan.

De sheriff brulde woedend:

'Hou dat wapen en bijt op je tong dat ik het niet ben die bevelen toegeeft, maar die ze geeft. Ik ben de "sheriff" met een commissaris van mij.

De schurk aarzelde, maar hij wist hoe gevaarlijk het was om zich tegen de 'sheriff' te verzetten en hij gehoorzaamde.

'Neem me niet kwalijk,' zei hij, 'maar er zijn veel schurken daarbuiten en we hebben duizend runderen in de kraal.

"Ik ben het eens met uw mening. Er is veel schurkenstaat daar en elders.

Hij stapte naar voren, steeg voor de deur af en vroeg:

'Waar is je baas?

"In de stad.

'Hoeveel mensen houden hier het vee?

"We zijn met vier pionnen.

'Zei je pionnen? Ik zou je iets passenders noemen.

"Je kunt mensen noemen wat je wilt, omdat je je toevlucht neemt tot die ster.

"Ik zoek nergens mijn toevlucht in. Als ik zeg dat ik ze anders zou noemen, is dat omdat ik daar redenen voor heb. Je hebt vanavond een bundel van Mr. McClellan overvallen en niet alleen het vee meegenomen, maar je hebt gedreigd de peons die het bewaakten te doden en je hebt ze mishandeld en vastgebonden als een kudde rammen. Is het dat ze negeren dat hier een sanctie op staat?

De eerder genoemde woedende, riep:

"Je bent verkeerd geïnformeerd. Dat vee is eigendom van Mr Scott. Hij kocht ze vanavond, betaalde ze met hard geld en ontving in ruil daarvoor een document waaruit bleek dat hij ervoor had betaald en dat ze van hem waren. Ze hadden afgesproken om ze nog deze nacht bij je af te leveren, en volgens afspraak zijn we ze gaan zoeken. Ze wilden ze niet aan ons geven of het ontvangstbewijs bevestigen dat de wettigheid van de claim bewees en met het oog hierop hebben we besloten ze aan te nemen omdat ze van de werkgever waren. Als de pionnen moesten worden verminderd, was het hun schuld en ze zullen hebben geverifieerd dat niemand hen kwaad heeft gedaan.

"Ok, maar ze hebben hun toevlucht genomen tot geweld en dat is strafbaar. Als ze weigerden, was de manier om naar mij te komen. Geef me het document dat bewijst dat het vee van zijn baas was en ik, met mijn gezag, de levering zou hebben afgedwongen. Op mijn terrein gaan staan en doorgaan alsof het gezag in jouw handen ligt en niet de mijne, is iets waar ik niet mee instem. Daarom, aangezien mij een klacht is voorgelegd wegens misbruik en mishandeling van arbeiders, ben ik gekomen om u te zoeken om mij te vergezellen naar mijn kantoren om daar een verklaring af te leggen. Wat ik tegen je heb, hangt af van wat eruit komt.

"We kunnen het vee niet in de steek laten", zei de ongewenste boos. Zoek Gregory en vertel hem...

'Houd je advies voor je, ik heb het niet nodig. Van Gregory zal ik de verantwoordelijkheid eisen die bij hem hoort, maar u zult niet achterblijven zonder verantwoording af te leggen voor het eigen risico. Ik heb genoeg van de excessen die ze op de een of andere manier begaan en hier gaat een einde aan komen.

'Als jullie met z'n vieren zijn, als een van jullie de deur blijft bewaken, is er genoeg. De anderen gaan met mij mee en als ze terugkomen, moet de ander zich meteen op mijn kantoor melden".

De pioen, al buiten zichzelf, antwoordde bruusk:

"Ik zeg hem dat hij Gregory moet zoeken en dat hij...

"Ik zeg hem ter plekke met me mee te gaan en geen spelletjes te spelen, ik heb niet het geduld voor veel grappen. Je maakt mijn nacht bitter en ik ben er niet klaar voor dat iemand me uitlacht. Ze zullen me ten goede vergezellen, maar ze willen dat ik een beroep doe op geweld en het zal slecht zijn als ik ze moet laten zien hoe ik weet hoe ik het moet gebruiken. Je kunt maar beter je onmatigheid bewaren en me volgen als je niet wilt dat ik je voor altijd uit San Antonio schop.

De dreiging was serieus, want als hij ze de stad uit zou zetten en ze durfden terug te keren, zou hij er niet voor terugdeinzen ze een tijdje op te sluiten.

Hij beet op zijn lippen en brulde:

"Jullie zijn de kracht en we moeten ons ervoor nederig maken, maar als er iets zou gebeuren tijdens onze afwezigheid, zou jij verantwoordelijk zijn.

"Dat is mijn ding en niet het jouwe. Kies degene die moet blijven en de anderen lopen voor me uit.

Ze werden gedwongen te gehoorzamen en, terwijl ze er één achterlieten om de kraal te bewaken, volgden de andere drie de "sheriff" en de commissaris op weg naar het dorp.

HOOFDSTUK VI

MET HUN DEZELFDE WAPENS

Saúl en zijn drie mannen, verborgen in de heg, zagen de groep gevormd door de "sheriff", zijn commissaris en drie van de ongewensten niet ver weg passeren. Saúl berekende dat als er iemand was overgelaten om voor de kraal te zorgen, het er niet meer dan een of twee konden zijn.

En toen ze ver weg waren en geen gevaar voor hen vormden, beval Saul:

Wandelen. Ik weet niet met wie we te maken hebben, maar ik denk dat het niet meer dan twee zullen zijn. Je moet de ontvangen belediging wreken en teruggeven wat ze je eerder hebben aangedaan.

De woedende mannen verklaarden dat ze deze keer wraak zouden nemen en gingen met zijn vieren naar de kraal.

Niet lang daarna ontdekten ze hem. Sommige runderen, nerveus vanwege de engheid van de omheining, brulden boos hun aanwezigheid aan de kaak.

Saúl gaf opdracht om de verborgen revolvers in de handpalmen te dragen en als ze zagen dat de situatie hun leven in gevaar zou kunnen brengen, moesten ze schieten zonder enige contemplatie.

Een dreigende stem riep hen tot stilstand:

"Achter! Hier hebben ze niets verloren.

Als de pionnen, of valse pionnen, die Gregory had gestuurd om het vee te grijpen, kenden ze Saul niet, omdat hij niet onder hun pionnen was toen de verrassing plaatsvond, hij kon niet worden herkend door de houder van de kraal en Saul, vrijmoedig , Hij stapte naar voren en zei hees:

Houd je handen stil. De chef stuurt ons om de kraalwacht te versterken. Het lijkt erop dat hij bang is voor de tussenkomst van de "sheriff" en ...

"De" sheriff "? Hij is al tussenbeide gekomen en heeft iedereen meegenomen behalve mij. Hij wil ons een boete opleggen voor de aanval op de bundel en ik weet niet wat nog meer. Nou, ga je gang en ik ben blij dat de baas heeft je gestuurd, want zo ga je dit regelen terwijl ik naar het dorp ren om hem te zoeken, zodat hij weet wat er aan de hand is. Ik ben bang dat de "sheriff" in zijn kooien zal opsluiten zijn genomen...

'Nou,' zei Saul terwijl hij probeerde de vreugde te verbergen die de beslissing van de schurk in hem opriep, 'als je denkt dat je hem moet gaan opzoeken, doe dat dan. Op dat moment was het in 'The Silver Dollar'.

'Dus ik denk dat ik over een uur terug ben. Ik ga mijn paard halen.

Hij draaide zich om om zijn rijdier te vinden. Saul gebaarde dat zijn mannen de rand van hun hoeden voor hun ogen moesten buigen. Hoewel de maan scheen, op een afstand en met hun hoeden naar voren gekanteld, was het niet erg gemakkelijk voor de ongewensten om ze te herkennen.

Hij sprong op de stoel en zei:

"Pas hier goed op en laat niemand in de buurt van de kraal komen. Ik ben zo terug.

"Maak je geen zorgen, we laten niemand in de buurt komen.

De man dwong zijn rijdier te galopperen en Saul wachtte gespannen tot hij wegging. Toen hij uit het zicht was, beval hij zenuwachtig:

'Snel! Dit vee moet hier weg.

'Maar wat gaan we met ze doen? Het zal niet lang duren voordat Gregory weet wat er is gebeurd en probeert ze te redden. Er zitten geen duizend horens in de mouw van het jasje.

"Nee, maar op een geschikte plaats om ze uit het zicht van wie dan ook te verwijderen en indien nodig te verdedigen. Toen we kwamen, merkte ik dat er ongeveer twintig mijl van hier een ideaal terrein is om ze te camoufleren. Een reeks hellingen verbergt een diep terrein en daar kunnen we ze nemen. Door posities hoog op de hellingen in te nemen, kunnen meer dan een dozijn mannen worden gestopt met schoten. Schiet op, ik zorg voor de rest.

De peons openden de deur van de kraal en terwijl een van hen de stieren porde om hen te dwingen te vertrekken, zorgde Saúl er met de andere twee peons voor dat de stieren niet uit de hand liepen en bij elkaar werden gezet.

Toen bijna iedereen weg was, organiseerde hij de rit, gevolgd door de laatste om te vertrekken en op volle snelheid reden ze naar het zuiden, begeleid door Saul, die degene was die het terrein kende.

De gedurfde voorman was dolgelukkig. Als hij het geld dat van zijn werkgever was gestolen niet terug kon krijgen, had hij in ieder geval het vee teruggekregen en zouden de verliezen minimaal zijn.

Maar ondanks dit was hij niet tevreden met alleen de redding. Gregory had hem vernederd met zijn bekwame manoeuvres en behalve dat hij zijn werkgever had beroofd, was hij ook gewond geraakt door hem. Dit alles had een prijs en hij was niet bereid San Antonio te verlaten zonder eerst de ongewenste harde kern te factureren.

De hatajo, woedend door het gebrek aan rust, galoppeerde en brulde hevig, maar ze wonnen terrein en verlieten de stad in een demonische mars.

Saul werd begunstigd door de mooie nacht die het maakte. Alleen met zo'n waardevolle bondgenoot als die grote, ronde, schitterende maan had hij zijn gedurfde project kunnen volbrengen.

Ze galoppeerden bijna twee uur, totdat Saul, die in de voorhoede marcheerde en het terrein afspeurde, de plaats ontdekte waarop hij had gezinspeeld. Imperiaal besteld:

'Pas op dat het stel niet verder gaat. Ik zal dit herkennen en de beste plek vinden om naar de andere kant te gaan en het vee veilig achter te laten.

Hij vond een brede spleet en gaf het bevel om de hoorns er doorheen te lanceren. Een halve mijl verderop was een heel breed gat waar ze konden worden verzameld.

De manoeuvre werd snel en zonder ongelukken uitgevoerd en toen het vee eindelijk het hol bereikte, gingen de staten, moe van het lopen en slaperig, op het gras liggen en hielden op met loeien.

Saúl, tevreden, verzamelde de drie pioenen en zei:

"Ik ga terug naar het dorp. Ik wil op de hoogte zijn van wat daar gebeurt en als het dag is moet ik bij de baas in het ziekenhuis langs om te kijken hoe het met hem gaat. Ik weet niet wanneer ik zal terugkeren, maar ik laat je aan de zorg van het vee over en ik hoop dat de verrassing van vanavond niet zal worden herhaald. Jullie hebben wapens, jullie zijn geen lafaards en nemen daar stellingen in, jullie kunnen dit goed verdedigen. Houd de een op wacht, terwijl de anderen een tijdje slapen en rustig wachten, want ik weet niet zeker wanneer ik terugkom.

"Ik denk dat het voor de volgende nacht zal zijn. Als het meer dan twee dagen duurt, ga dan terug met het vee naar de ranch en een van jullie keert terug naar San Antonio om uit te zoeken wat er met mij is gebeurd. De baas heeft een paar weken in het ziekenhuis en de "sheriff" zou ons van alles op de hoogte stellen.

Hij wilde geen tijd meer verliezen en sprong in het zadel en keerde terug op weg naar het dorp, maar uit angst om schurken in dienst van Gregory tegen te komen, koos hij ervoor het pad te verlaten en door het land te galopperen.

Het was laat in de nacht en het duurde niet lang of de zon zou weer gaan schijnen. Hij voelde zich moe van de dagen van autorijden en de incidenten leefden tijdens die onvergetelijke nacht, maar diep van binnen gebruikte hij zijn vermoeidheid voor goed gebruik in ruil voor het succes dat hij had behaald en de terugslag die hij had gehad met het ongewenste harde.

Deze laatste was samen met "El Pecas" en tevreden met het succes van zijn verhuizing, de rest van de nacht naar "El Caballo Salvaje" gegaan. Hij wilde die avond niet verschijnen voor "The Silver Dollar", en voor het geval de "sheriff" hem zou komen zoeken en de situatie gecompliceerd zou maken.

Het veiligste was dat de voorman van McClellan de aanval op de bundel aan de kaak stelde en dat de 'sheriff' probeerde te achterhalen wat er was gebeurd.

Hij was samen met zijn tweede in de kamer aan het spelen toen hij, toen hij zijn ogen opsloeg en naar de deur keek terwijl de "croupier" wachtte op het moment om de roulette te starten, hij stomverbaasd was toen hij een van de ongewensten in de kamer zag verschijnen die hij had verlaten om de kraal te bewaken.

In de veronderstelling dat er iets was gebeurd voor de man om hem te zoeken, stond hij abrupt op en zei tegen "El Pecas":

"Neem de leiding over mijn chips. Hier komt James en ik heb geen zin in zijn aanwezigheid hier.

Hij ging de schurk tegemoet:

"Wat zoek je hier?

"Duivel! Waar ga ik naar zoeken? Naar jou. Ze zeiden dat ik hem zou vinden in "The Silver Dollar", maar hij was er niet en ik wist niet waar ik hem kon vinden.

"Dus dat? Is er iets gebeurd?

"Natuurlijk is het gebeurd. De "sheriff" is in de kraal verschenen met een commissaris om ons te zoeken. Ze hebben hem aangeklaagd dat we het vee met geweld hebben gegrepen en de arbeiders hebben mishandeld en dat hij van plan was ons allemaal naar zijn kantoren te brengen.

"Hij dreigde geweld te gebruiken en alles wat nodig was om ons weg te halen en mijn metgezellen moesten gehoorzamen en lieten me onder de hoede van de kraal. U heeft ons verteld dat we de confrontatie met de "sheriff" hebben vermeden en geen beroep konden aantekenen tegen de revolver. "

'Dus, als je alleen gelaten zou worden, hoe dan? ...

"Het is dat kort nadat de vier pionnen die u als versterking stuurde, arriveerden en ik gebruik maakte van hun aanwezigheid om ze onder de hoede van de kraal achter te laten en ik kwam om u verslag te doen van wat er gebeurde, zodat u ...

'Wat heb je nog vier pionnen om daarvoor te zorgen? Welke pionnen of wat voor hel als ik niemand stuur?

"Niet? Een vertelde me dat je ze gestuurd hebt en ik...

Gregory vermoedde iets van wat er was gebeurd en, in een brute reactie, tikte hij op zijn arm en gaf hij een verschrikkelijke klap op de mond van James, hem twee meter verder wegsturend.

De klap was zo brutaal geweest dat de schurk op de grond bleef liggen, verstoken van bewustzijn en bloed dat uit zijn mond spoot.

Gregory, zonder te pauzeren om de reactie af te wachten van degenen die James' val hadden gezien, schreed naar de deur op zoek naar de uitgang. "El Pecas", die voelde dat er iets ernstigs aan de hand was, pakte snel de chips die op tafel lagen en die van hem en zijn baas waren en rende hem achterna zonder zich zorgen te maken over zijn gevallen metgezel.

Hij haalde hem op straat in en voegde zich zenuwachtig bij hem:

'Wat is er, baas?

"Wat is er? Die eikels als James en anderen zijn niet te vertrouwen. Ik vermoed dat ze hem en mij uitlachten en het vee hebben gered dat we vanmiddag in beslag hadden genomen.

"Het is onmogelijk!

"Niet?

"Als je er vier achterliet om dat te houden...

"Ja, maar de 'sheriff' ging naar een commissaris en nam de andere drie mee en beschuldigde hen ervan geweld te hebben gebruikt met de arbeiders om de bundel in beslag te nemen. Alleen James bleef en... iemand wist wat er ging gebeuren, want kort daarna , kwamen er vier opdagen die zeiden dat ze door mij waren gestuurd om de bewaking van de kraal te versterken. James, de idioot, stopte niet om na te denken dat hij geen van degenen kende die kwamen opdagen en dat het allemaal een truc was om te nemen Hij liet ze daar achter om uit te zoeken wat er is gebeurd en ik zou mijn hoofd verwedden tegen een dollar, dat als we gaan er geen enkele koe in de kraal is.

"Hell's Bells! ... Als dat zo is gebeurd ... zodra we die buharros hebben gevonden, zullen sommigen van hen geen tijd hebben om de spot te betreuren.

'Als we ze vinden,' Sproeten. " We gaan naar "The Silver Dollar" om degenen die daar zijn op te halen en we zullen verhuizen naar de kraal; Maar ik ben bang dat het te laat is

“Als ze zijn genomen, zullen we het spoor zoeken en zelfs als we het naar de hel zelf moeten volgen, zullen we het volgen.

Ze kwamen haastig naar de gokhal. Ze vonden er maar vier van de bende die poker speelden.

'Pak je spel op en volg me. Waar zijn je paarden?

'Daarbuiten, baas.

'Nou, zoek ze maar op.

Gregory's paarden en 'El Pecas' waren in een nabijgelegen kraal en de laatste ging op zoek naar hen.

Een kwartier later galoppeerden de zes als demonen op weg naar de kraal.

Gregory's woede kende geen grenzen toen hij zich realiseerde dat hij niet voor de gek gehouden was. De kraal was open en eenzaam.

"Heb ik je er niet over verteld? Ik ben met de vuist gevochten en dit is de eerste keer in mijn leven dat niemand mij een dergelijke taak heeft aangedaan.

"El Pecas" was net zo woedend als zijn baas en terwijl hij het land bekeek, brulde hij:

'We kunnen het spoor zoeken. Het is nog niet zo lang geleden dat ze moesten vertrekken.

"Denk je dat het mogelijk is? Vergeet je dat deze kant van de prairie wordt verpletterd door duizenden koeienhoeven en dat de voetafdrukken worden verward om voren te vormen die onmogelijk te onderscheiden zijn? Aan de andere kant, in het licht van de maan het is onmogelijk om te zoeken wat in het licht van de zon erg moeilijk is.

"Er moet echter iets...

Alle zes verstijfden ze terwijl ze hun revolver trokken, maar even later waarschuwde Gregory:

"Bevriezen! "Het zijn onze mannen die terugkeren.

In feite waren zij de drie schurken die de "sheriff" had genomen.

Toen hij Gregory persoonlijk zag, vergezeld van "El Pecas" en vier anderen, riep één uit:

"Wat is er, baas? Omdat jij?...

"Wat is er aan de hand? Kijk.

En ik wijs naar de lege kraal.

Hij stopte; enkele ruiters galoppeerden naar voren.

"Demonen horens! Waar is het vee?

'Dat zou ik graag willen weten, Bem.

Maar hoe is het verdwenen? Is James aangevallen?

"James is een klootzak. Ze werden voor de gek gehouden door degenen die we uren eerder hadden vastgebonden en het vee hadden meegenomen.

De ongewensten kwamen niet uit hun verbazing. Dit leek zo ongehoord dat ze het moeilijk hadden om het in te passen.

"En nu dat? Vroeg er een.

'Nu weet ik het niet, maar ik zweer je dat als we het vee ontdekken of weten wie het stuk heeft bedacht, Gregory Scott zich de seconden zal herinneren die nodig zijn om hem voor mijn revolver te plaatsen.

"El Pecas", die een subtiele en achterdochtige man was, kwam tussenbeide om te zeggen:

"Baas, vind je het niet heel vreemd dat zodra de 'sheriff' deze kwam zoeken, de anderen kwamen om het vee te nemen? Zou het kunnen dat de 'sheriff' heeft geholpen om de taak te vergemakkelijken?

Gregory verstijfde en antwoordde toen:

"Ik geloof niet dat de 'sheriff' tot zoiets in staat is, hoewel ik het niet minacht. Ik denk eerder dat ze, na de klacht, haar zouden horen zeggen dat ze ons zou komen zoeken, profiteren van de details en zichzelf in een hinderlaag lokken om toe te slaan terwijl ze wisten dat hier niemand of bijna niemand achter zou blijven.

"Hoe dan ook, ik zal de 'sheriff' bezoeken en hij zal me horen. Ik houd je verantwoordelijk voor de overval als je de daders niet opspoort. Juridisch gezien is het vee van mij en wat ze hebben gedaan is een flagrante diefstal. Voor een man die zo nauwgezet is als de "sheriff", is het een must om de dieven te ontdekken.

'En aangezien er nu niets aan gedaan kan worden, laat ik je hier zodat je, als de zon opkomt, de aanwijzing kunt proberen te vinden, al betwijfel ik dat.'

Hij stond op het punt te vertrekken, toen "El Pecas" hem vroeg:

"Wat doen we als we het spoor ontdekken?

"Jullie zijn met zes die de moed niet verliezen als het erom gaat de 'Colt' te laten blaffen. Volg hem en als je het vee vindt, hoop ik dat je met ze terugkomt. Ik heb duizend dollar voor jullie zes, als je het krijgt.

"We zullen proberen ze te winnen. Zeg me nu waar ik je kan vinden als ik je nodig heb.

"Ik zal de rest van de nacht doorbrengen in" The Silver Dollar "en als het zakentijd is, ga ik de" sheriff bezoeken. "Als er daarna niets nieuws komt, ga ik naar het hotel om te slapen. Maar je kunt daar komen als het bezoek interessant is.

"Het is oké. We zullen zien wat er wordt bereikt.

Gregory besteeg zijn paard en keerde terug naar het dorp. In zijn leven was hij nog woedender geweest dan die nacht.

Iemand die zijn strafblad, zijn stoere en gevaarlijke poster en de kracht die hij vertegenwoordigde in San Antonio toen hij werd gesteund door een stel wilde en gewetenloze schurken, negeerde, had hem een uitdaging in het gezicht gegooid en een slag toegebracht die hij zich nooit had kunnen voorstellen. ontvangen. Dit was iets dat om bloedige wraak schreeuwde, en hij was klaar om wraak te nemen door alles te trotseren wat getrotseerd moest worden.

Hij wist niet wie het had gedaan, maar hij moest aannemen dat het het werk was van de voorman van de rancher. Ze had nauwelijks aandacht aan hem besteed en besefte nu dat hij een zeer gevaarlijke vijand was.

HOOFDSTUK VII

EEN DREIGEND INTERVIEW

De "sheriff" was erg laat naar bed gegaan. Hij besteedde veel tijd aan het schrijven van de verklaring waarin hij Gregory's drie handlangers beschuldigde van het overtreden van de wet door een overval te plegen, zelfs als het was om beslag te leggen op iets waarvan Gregory kon rechtvaardigen dat het van hem was, en nadat hij elk van hen een boete van dertig dollar had opgelegd die hij dwong hen om ter plaatse te betalen als ze vrij wilden zijn, trok hij zich terug om te rusten.

Toen hij zich aan het uitkleden was, dacht hij aan Saul en vroeg hij zich af wat hij zou hebben gedaan zonder de pioenen. Hij was bang dat hij geweld had gebruikt, omdat dit hem zou kunnen dwingen om tegen hem in te grijpen, wat hem stoorde, aangezien hij ervan overtuigd was dat Gregory een schurk was die de truc had georganiseerd om de boer van vee en geld te beroven en, als zo was het ook, hij vond het eerlijk dat ze met soortgelijke procedures zijn vee zouden stelen.

Hij viel uiteindelijk in slaap en stond een beetje laat op. Toen hij zich klaarmaakte om zich in de wasbak in zijn tuin te wassen, werd er op de deur geklopt.

In een T-shirt, met de handdoek over zijn schouder, deed hij de deur open en stond oog in oog met Gregory.

Het was genoeg om naar zijn gezicht te kijken om te vermoeden dat hij niet in een erg goede bui was. Saúl moet de klus hebben geklaard en nu moest hij weten hoe hij het had gedaan.

Hij deed alsof hij verrast was, salueerde en voegde eraan toe:

'Wat een eer voor mijn bescheiden persoon om zo vroeg het bezoek van zo'n belangrijk persoon als jij te ontvangen! Wat brengt je naar het huis van de Wet?

"Dat is precies, een beroep doen op de wet die mij zou moeten beschermen en ik smeek u om niet met ironie tegen mij te praten, want ik ben een man die geen gevoel voor humor heeft wanneer ze hem hebben gekrabd en zijn huid hebben doen prikken.

"Ze moeten hem met een sikkel hebben moeten krabben om graan te wannen, want ik betwijfel of ze met hun nagels een deuk in de huid zullen kunnen maken. Je hebt het te moeilijk.

"De huid en andere dingen wanneer het nodig is om het te demonstreren. Ik kom u aan de kaak stellen dat ze gisteravond duizend runderen hebben gestolen die ik in de kraal had klaarstaan om met verschillende anderen naar Abilene te worden gestuurd.

'Je bedoelt degene die ik in de kraal heb gezien toen ik gisteravond naar je mannen zocht?

"Hetzelfde.

"Hmm! Blijkbaar is dat verdomde bundeltje voorbestemd om elke twee uur gestolen te worden.

"Wat betekent het?

'Die jij en je mannen eerder hadden gestolen.

"" Sheriff! "Ik stem niet in met die belediging. Het vee was van mij, ik had ze gekocht met geld in de hand zoals ik kan rechtvaardigen en door ze te ontkennen, gebruikte ik mijn recht om ze in beslag te nemen.

"Het is mogelijk dat je het recht had om ze op te eisen, rekenend op dat aankoopbewijs dat je hebt: wat je niet het recht had was de pioenen aan te vallen, ze vast te binden en het vee mee te nemen. Ik geloof dat de legale manier als ze hun werden geweigerd "dat ze niet werden geweigerd, maar hem vroegen te wachten op de komst van de voorman" was om naar mij toe te komen en mij te vragen mijn gezag op te leggen zodat ze konden worden overgedragen aan hem als hij dat recht had.

"Wat jij en je mannen deden was een schande en daarom heb ik je mannen gezocht en ze binnengebracht om het rapport op te halen en hen een boete op te leggen. Trouwens, er is er een om te verschijnen en jij ook. De boete van je inleider is zestig dollar.

Gregory brulde van woede.

'Ik hoop dat je een grapje maakt.

"Ik maak nooit grapjes met de dingen van de wet. Het zou mij een genoegen zijn hem, in plaats van zo'n kleine boete op te leggen, hem rustig aan een eik te hangen; maar ik heb nog steeds geen bewijs gevonden om het te krijgen. Daarom heb ik om genoegen te nemen met wat ik "legaal" kan doen.

En als ik weiger...

"Ik denk dat je weet wat het betekent voor een 'sheriff' om iemand vierentwintig uur de tijd te geven om een stad te verlaten. Na vierentwintig minuten kan hij je neerschieten zonder dat iemand je verantwoordelijk houdt.

Gregory beet van woede op zijn lip. Hij wist wat de 'sheriff' hem wilde laten begrijpen en hij was niet bereid hem een greintje reden toe te kennen.

Hij stak zijn hand in zijn zak, haalde er wat biljetten uit, legde ze op tafel en flapte eruit:

"Hier is mijn boete en die van de pion die niet kwam. Nog iets anders?

"Op dit moment niets van mijn kant. Laten we nu eens kijken wat er aan uw kant staat.

'Het is precies datgene waar je net een beroep op hebt gedaan. Eis dat hij tussenbeide komt zodat het vee dat van mij is, aan mij wordt teruggegeven. Als ze dat niet doen, kunnen ze me niet censureren als ik degene ben die hen op een meer gewelddadige manier heeft gered.

"Goed. De reden is één. Het vee is van jou op grond van een ontvangstbewijs dat je bezit. Natuurlijk behoud ik me het recht voor om iets heel ernstigs te onderzoeken met betrekking tot die verkoop en die aankoop, maar alles komt in zijn eigen stappen.

"De aan- en verkoop was legaal en ik betaalde met goede rekeningen. Niemand kan mij iets verwijten.

En zijn vrienden?

"Ik weet het niet. Als er iets gebeurde nadat ik "The Silver Dollar" verliet, greep ik helemaal niet en in het slechtste geval, hoewel mijn vrienden de rancher in het heetst van de strijd hebben verwond, wie kan hen ervan beschuldigen dat ze degenen die het geld van de rancher hebben gestolen?Hij werd geholpen door verschillende klanten en om te weten wie misbruik maakte van de situatie om het geld uit zijn zak te halen en te houden.

"Ja, natuurlijk, de situatie is verwarrend, velen kwamen tussenbeide, hoewel het verdacht is dat alles zich ontwikkelde, zodra die ongelukkige man het geld ontving, maar het komt voor dat, voor zover ik weet, dit de derde keer is het is gebeurd, iets analoogs met door u gekocht vee. Alle drie, het geld verdween zonder te weten hoe of op welke manier.

"Je vergeet dat dit vol zit met mensen die uitkijken naar degenen die een eerlijke buit kunnen aanbieden. Wil je Woodrow's activiteiten niet onthouden? U gaat me niet vertellen dat u niet verdacht werd van dergelijke overvallen.

'Ah ja, Woodrow! Waarom heb je hem vermoord, Gregory?

'Als dat niet zo was, had hij me vermoord. Ik schoot net op tijd om hem ervan te weerhouden het te doen.

"Ja, dat was heel goed gemeten. Je weet hoe je dingen tot op de millimeter moet meten; maar wat waren de oorzaken?

"Hij noemde me een bedrieger toen hij negen keer op rij had bedrogen.

'Wat je hem laat doen. Waarom?

'Is dat niet te veel gevraagd? Daar ben ik niet voor gekomen.

'Dat weet ik, maar er zijn dingen die met elkaar te maken hebben. Woodrow was een meester in het opsnuiven van vreemd zakgeld en, als ik het me goed herinner, kwam het bericht naar buiten dat hij een bedrijf van je had ontdekt. Zou dat niet de reden zijn?

'Je mag denken wat je wilt, want ik ben vastbesloten er niet meer over te praten. Ik had tientallen getuigen dat ik je pijn deed toen je de revolver in je hand had en je moest toegeven dat het een geval van zelfverdediging was. Wat is hij dan van plan?

"Niets eigenlijk, want het zou nutteloos zijn. Ik combineer acties om ze aanwezig te houden in hun dag. San Antonio is een kraamkamer voor schurken geworden, met een half dozijn die eruit springen als de gevaarlijkste en jij bent nummer één. Ik weet dat ik je prijs door je dat te vertellen, maar maak gebruik van deze complimenten voor het geval je op een dag duur moet betalen.

"Ik ben geen dwaas, hoewel ik geen bewijs heb om je te beschuldigen, maar ik heb een goed geheugen en ik kan je herinneren aan enkele gevallen waarin de toevalligheden erg op deze leken.

"Weet je nog hoe het geld werd gestolen van die boer van Corpus Christy, die je een spelletje vee had verkocht en toen hij "El Caballo Salvaje" verliet, met het geld dat hij zojuist had ontvangen, werd hij bijna voor de deur van de gezamenlijk en ontdaan van de opbrengst van de verkoop? Denk je niet dat ik vermoed dat iedereen die met je omgaat en je iets verkoopt, zonder geld komt te zitten zonder tijd om ervan te genieten?

Gregorius; die rood was van woede, stond hij op en zei:

"Het is comfortabel om toevlucht te nemen tot de ster om mensen te belasteren vanwege vermoedens of toevalligheden, meer niet. Als je een solide motief hebt, waarom stop ik dan en sluit me op? En als je me niet met bewijs kunt beschuldigen, waarom bijt je dan niet op je tong? Ik ben het zat om hem hetzelfde te horen zeggen en mijn geduld raakt op. Laat me je niet aanklagen wegens smaad. Een goede advocaat zou je een hekel geven.

"Ook een goede" Colt "zou het je geven, Gregory en ik ben voor niemand bang. Denk hier goed over na voor het geval je bij mij een verzekering afsluit.

'Dat zeg ik je ook, maar je scheidt je te veel af van wat belangrijk is. Ik ben gekomen om de verdwijning aan de kaak te stellen van dat vee dat "legaal van mij" is, zolang u het tegendeel niet bewijst en ik eis dat u het bos zoekt en de dieven stopt.

"Betekent dit dat je ze niet zelf hebt kunnen vinden om verder te gaan en dat je daarom op mij vertrouwt?

'Ik heb het niet geprobeerd, maar als je dat niet wilt, regel ik het wel. Kom me dan niet beschuldigen van achter uw rug om te werk te zijn gegaan.

"Het is goed. Het is mijn plicht en ik zal proberen uit te zoeken wat er is gebeurd en waar het vee is, maar dat betekent niet dat ik moet stoppen met andere vragen te stellen. Waar zijn bijvoorbeeld je vrienden, degenen die "in een gevecht" gisteravond toen de boer gewond raakte?

"Ik weet het niet. Ik heb veel dingen te doen gehad en ik heb er geen gezien. Ik veronderstel dat ze ergens zijn.

"Ik ook, maar de vraag is om te weten waar dat deel is.

'Laat uw commissarissen het maar uitzoeken. Ik kan je verzekeren dat, aangezien ik niet tussenbeide ben gekomen in de set, zelfs als je anders denkt, ik me geen zorgen heb gemaakt over hen. Zoek ze op en stop ze als je geen vinger uitsteekt ten gunste van een van hen. Dit zal je laten zien dat ik vrij ben van enige inmenging in die kwestie. Ik ben alleen geïnteresseerd in mijn vee omdat ze me tienduizend dollar kosten en als ik ze verlies, verlies ik dat geld.

Gregory had zijn bezoek beëindigd. Het was niet erg prettig voor hem geweest, maar hij moest met haar vechten als hij het vee wilde redden en de zaak rond wilde krijgen.

Toen Gregory het kantoor verliet, glimlachte de 'sheriff' expressief. De klacht van de ongewenste bevestigde dat Saúl had toegeslagen en dat hij het vee weer had gegrepen, maar de vraag was of hij met het vee had kunnen doen, want als hij ze in de buurt had, hoe erg het ook was , het was zijn plicht om in te grijpen. de bundel, tenminste totdat alles duidelijk was.

De twijfels van de 'sheriff' lieten niet lang op zich wachten, want een uur later verscheen Saúl op het kantoor.

De "sheriff" begreep aan het gezicht van tevredenheid dat de voorman toonde, dat zijn plan volledig was uitgewerkt en, na hem te hebben begroet, zei hij:

'Ik ben blij dat je komt, want anders had ik je moeten zoeken.

"Jij omdat?

'Omdat ik een klacht tegen je heb voor het beroven van Gregory's kraal en diefstal van zijn bundel. Hij heeft het me een uur geleden voorgesteld.

'Weet je zeker dat de klacht mij betreft? Heeft die gier naar mij gewezen met het bewijs dat hij degene was die de horens nam?

'Nou, je hebt me niet specifiek je naam gegeven, maar logischerwijs beschuldig je de diefstal van de pionnen van meneer McClellan.

'Dat zal zijn vermoeden zijn, want mijn vermoeden is dat hij het was die de truc organiseerde om mijn baas van zijn vee te beroven.

'Ja, daar heb je gelijk in, maar... de zaak is te ingewikkeld, want ik ben verplicht stappen te ondernemen om de bundel te ontdekken en als ik die ontdek, zal ik tenminste moeten ingrijpen.

"Niemand houdt hem tegen. Wat mij betreft, ik zal uw missie niet hinderen.

"Betekent dat dat het vee op een veilige plek staat?

"Het betekent dat ze heel ver van hier zijn. Aangezien het geld van mijn werkgever is gestolen, zal ik niet degene zijn die ermee instemt dat zijn vee van hem wordt gestolen en dat ze hem uiteindelijk in het verderf storten. Het is niet fatsoenlijk om een eerlijk man te helpen die met tegenspoed worstelt om door schurken ter dood te worden gebracht en ook jammerlijk geplunderd te worden.

"Nou, wat is er gebeurd? Ik veronderstel dat er niet iets ernstigs is gebeurd dat...

"Maak je geen zorgen. Er was geen slechte stoot, zelfs geen bedreigingen. Ze maakten het me gemakkelijker toen ik het het minst verwachtte.

'Wil je me vertellen hoe het was?

Saul gaf hem een gedetailleerd verslag van zijn odyssee de avond ervoor en de "sheriff" lachte hartelijk.

"Je bent een ingenieus en gelukkig man. Dit is Gregory die snuift van woede. Zijn handlangers moeten inmiddels met hun snuit het gras oprapen om te ontdekken waar de bundel is.

'Nou, ze zullen hun neus verslijten als ze het doen, omdat ze meer gras zullen moeten oprapen dan ze kunnen.

'Nou, ik vraag je niet waar je ze hebt, want dan zou ik gedwongen worden ze te gaan halen.

'Ik zou het hem niet eens vertellen. Als ze me niet beschuldigen met bewijs en ze hebben het niet, dan kun je niets tegen mij doen, zoals je niets tegen Gregory kunt doen, ondanks dat je veel dingen over hem vermoedt. Waar jij en ik het hier over hebben is vertrouwelijk, van man tot man.

'Oké, maar kijk uit. Gregory is een slechte vijand, zoals hij ontdekt, hij zal er niet omheen draaien, ook al speelt hij veel dingen.

"Ik ben voorbereid en het zal me niet verbazen. Welk nieuws heb je in ruil voor mij?

'Geen. Mijn commissarissen hebben de opdracht om degenen die het gevecht hebben veroorzaakt te lokaliseren, maar ik ben bang dat ze goed verborgen zijn, geïnstrueerd door Gregory. Ze willen de tijd laten verstrijken en de gemoederen kalmeren.

'Nou, ze hebben het mis als ze denken dat ik een man ben die me laat ontmoedigen of zo'n klappen krijgt. Het leven van mijn baas is in gevaar geweest en misschien is het dat wel en moet iemand daarvoor boeten.

"Terwijl mijn werkgever in het ziekenhuis ligt, zal ik San Antonio niet verlaten en in die tijd kan er veel gebeuren.

"Zorg ervoor dat het niet onaangenaam voor je is. Gregory mag dan geen hand tegen hem zwaaien omdat hij bang is dat het glas van mijn geduld zal overlopen, maar hij heeft ongecontroleerde mensen die hem kunnen omdraaien en hem naar de hel kunnen sturen.

"Ik besef alles en ik zal proberen voorzichtig te zijn. Nu ga ik naar het ziekenhuis om mijn werkgever te zien. Ik neem aan dat ze me zullen toestaan hem te zien.

"Op dit moment wel, maar pas op dat er geen mensen in de buurt gestationeerd zijn, als ze hebben gedacht dat je ze de ruimte kunt geven om op je te jagen. Het werk dat je die gier hebt aangedaan is geen wonder. Als je op dit moment erg geïnteresseerd bent in het zoeken naar het veespoor, heb je er misschien nog niet aan gedacht om het vast te binden, zeker als je denkt dat je je verstopt met de roedel. Profiteer nu dat je een grotere kans hebt om niet gestalkt te worden.

'Nou, ik ga nu naar het ziekenhuis.

"Wanneer zal ik hem zien?

'Ik weet het niet, en aangezien ik nog steeds geen herberg heb gezocht, kan ik je niet vertellen waar ik zal verblijven. Als je die zaak hebt opgelost, zal ik je het adres geven voor het geval je me nodig hebt.

Ze schudden elkaar de hand en namen afscheid. Saúl ging rechtstreeks naar het ziekenhuis waarvan hij het adres eerder had gevraagd aan de "sheriff" en aan laatstgenoemde, om zijn actie te rechtvaardigen voor het geval Gregory rond de rand van de stad zou lopen, besteeg zijn paard en volgde de loop van de rivier.

Toen Saúl in het ziekenhuis aankwam en zijn werkgever wilde spreken, zei een verpleegster die hem kwam behandelen:

"Hij is sinds een uur weer bij bewustzijn, maar ik weet niet of hij zal kunnen praten.

"Ik zal mijn fortuin beproeven. Ik ben de voorman van zijn team en als hij zichzelf alleen ziet, zonder nieuws van iemand, zal dat misschien een crisis veroorzaken die zijn toestand verslechtert.

'Nou, kom maar met me mee.

Hij bracht hem naar de afdeling waar McClellan in het ziekenhuis had gelegen. Er waren zes bedden, maar er was er nog maar één bezet door een ruiter die van zijn paard was gevallen en een verschrikkelijke klap op zijn hoofd kreeg.

De boer, zijn hoofd volledig in het verband, was bleek en verkrampt. De plek waar hij werd geraakt was erg pijnlijk en zijn ogen waren helder en koortsig.

Saúl, nerveus, kwam naar hem toe en zei:

'Hoe gaat dat, baas?

McClellan deed een poging om iets te zeggen en staarde zijn voorman aan tot hij hem eindelijk herkende.

„O, Saulus! ... Jij hier?

Waar zal ik anders zijn? Ik kon gisteravond niet komen en moest vanmorgen wachten. Hoe gaat het met jou?

Als een vis in een kokende ketel. Mijn hoofd doet vreselijk pijn en ik voel me duizelig...

'Praat dan niet. Je kunt beter rusten en later ...

"Nee. Ik moet het weten. Ik kan me niets herinneren. Ik herinner me alleen dat ik een klap op mijn hoofd kreeg toen ik "The Silver Dollar" verliet en ik weet niet meer. Mij is verteld dat iemand een gevecht begon en ik was onterecht gewond.

Saul, die begreep dat hij de gewonde niet moest opwinden, antwoordde:

"Het is zo gebeurd. Het was een ongeluk, maar de wond zal gelukkig snel genezen. Over twee of drie dagen zijn de effecten van de schok uitgewerkt en zal hij zich veel beter voelen...

'Het was jammer dat je... daar bleef en... Saúl, wat is er met het geld gebeurd?

'Maak je geen zorgen om hem. De 'sheriff' pakte het op en er gebeurde niets.

'Goed, ik was al bang dat het verdwenen was.

'Nou, rustig aan als dat je zorg was.

'En het vee? Ben je het gaan ophalen?

'Ja. Alles was geregeld, baas.

'Dus waar zijn de pionnen?

'Hier. Ik wilde niets regelen zonder eerst te weten hoe het met je ging.

'Je moet ze naar de ranch sturen, want ze hebben hier niets meer te doen. Daar zijn ze nodig en hier besteden ze alleen maar.

'Maar als ik ze alleen stuur, wat gaan ze dan tegen je dochter zeggen? U zult gealarmeerd zijn als u ons niet naar ons toe ziet komen ...

'O zeker, je hebt gelijk! Als Barbara wist wat er met mij is gebeurd...

"Daarom denk ik dat, zelfs als ze er een paar dagen of drie zijn, de kosten niet veel zullen zijn. Later, als je snel herstelt, kunnen we ze vooruit sturen om te zeggen dat een bedrijf ons hier heeft vermaakt en dat we ook snel zullen aankomen.

'Wat je ook denkt dat er moet gebeuren, Saul. Ik heb het volste vertrouwen in je, maar ik kan niet wachten om daar te komen. Er zijn wat dringende schulden die moeten worden betaald en... ik neem aan dat u uw geld goed zult houden.

"Ik heb het in de handen van de" sheriff "gelaten voor meer veiligheid. Als we het nodig hebben, zal hij het ons teruggeven.

"Je hebt het goed gedaan, want er zijn hier veel schurken. Wat spijt het me van dit stomme voorval!

"Je moet het nu al vergeten en alleen maar aan herstellen denken. Kalmeer je zenuwen, praat weinig, slaap wat je kunt en over een paar dagen kun je hier wegkomen, zelfs als je wond niet helemaal genezen is. Het belangrijkste is dat je sterk en zonder duizeligheid vertrekt om de dag van terugkomst te doorstaan.

"Ja natuurlijk, je hebt gelijk en ik zal proberen het advies op te volgen.

'In dat geval ga ik hem verlaten. Morgen zie ik je weer en ik hoop dat je je best zult doen om je vertrek niet te vertragen. Dat je beter wordt.

Dank je, Saul. Tot morgen.

De voorman verliet het ziekenhuis. Niemand stalkte hem en na serieuze meditatie werd een gedragsplan opgesteld.

Hij bracht een bezoek aan de "sheriff" om aan te kondigen dat hij een paar dagen afwezig zou zijn. Daar deed hij op dat moment niets en het was beter zijn vijanden te misleiden dan in de bek van de wolf te zitten.

Zijn werkgever, hoewel hij weer bij bewustzijn was, kon het ziekenhuis niet zo snel verlaten als hij wilde en het was beter zich niet nutteloos bloot te geven.

De "sheriff" keurde het idee goed, hoewel hij niet vroeg waar hij heen wilde.

En met de belofte dat hij twee dagen later terug zou zijn, besteeg hij zijn paard en verliet het dorp.

Hij deed dat voorzichtig op exotische locaties om Gregory's handlangers niet tegen het lijf te lopen die de prairie zouden afspeuren naar het veepad, en pas toen hij een paar kilometer van het dorp was, betrad hij het pad.

Zijn idee was om zijn pionnen en vee te ontmoeten en nog een te zijn om hem te verdedigen als ze toevallig de schuilplaats zouden ontdekken.

Pionnen konden zich ongemakkelijk voelen als hij er te lang over deed om terug te keren en niet wilden dat ze roekeloos waren.

Gelukkig heerste de meest absolute rust op de plaats waar ze de bundel hadden verzameld en toen hij het kleine team ontmoette, deed hij verslag van zijn inspanningen in de stad en van de campagne die Gregory was begonnen om het vee te lokaliseren.

HOOFDSTUK VIII

EEN VOORZIENIGE HULP

Twee volle dagen bleef Saul in de beschutting van de bundel zonder iets de rust die daar heerste te verstoren.

Ze hadden allemaal de wacht gehouden, de prairie afgespeurd, maar niets verdachts ontdekt. Ze zagen op afstand kuddes vanuit het zuiden voorbij komen en op de eerste dag ontdekten ze een paar ruiters die op dat terrein iets leken te zoeken; maar als het Gregory's schurken waren, naderde geen van hen de oevers.

Op de derde dag in de ochtend besloot Saúl terug te keren naar San Antonio. Zijn werkgever zou nerveus zijn over zijn afwezigheid en zou hem een bezoekje moeten brengen.

De boer was beter geworden van zijn schok, maar de wond, die groot was, vereiste meer zorg en volledige rust, en hij moest er niet op rekenen dat hij daar weg zou komen zodra hij ernaar verlangde.

Saul zorgde ervoor dat hij de boer niet over de waarheid informeerde. Als hem vertellen dat niets iets zou oplossen, zou hij zich niet bezig moeten houden met problemen die hij niet kon oplossen.

Na het bezoek bezocht hij, altijd met al zijn zintuigen alert, de 'sheriff'. Dat deed hij toen hij merkte dat er niemand in de buurt was.

De "sheriff" ondervroeg hem;

'Waar ben je geweest sinds we elkaar voor het laatst hebben ontmoet?

'Hij heeft boete gedaan op de berg. Gebeden vereisen isolatie en sereniteit.

'Het zou me niet redden als ik op uw gebeden vertrouwde. Ben je Gregory en zijn engeltjes niet tegen het lijf gelopen?

'Ik ben pas een uur geleden aangekomen en zo vroeg dat ze volgens mij niet op straat zijn. Wat weet je over hen?

"Sommige dingen. De jongens die het gevecht begonnen zijn verdwenen als een charme. Gregory wil niet het risico lopen dat iemand luider zingt dan zou moeten. Aan de andere kant hebben al zijn vrienden toegewijd aan de taak om het spoor van de bundel zonder deze te ontdekken, daar ben je heel vaardig in.

"Geloof het niet. Het was genoeg voor mij om het langs dezelfde weg te gooien als degenen die kwamen en... hoe moesten ze onderscheiden welke de voetafdrukken van mij en die van de anderen waren?

"Het was roekeloos, want hij had een andere kudde kunnen aanvallen die hier kwam en dan zou het erg zijn geweest.

"Midden in de nacht was het niet makkelijk. Niemand rijdt honderden hoorns en minder in het licht van de maan.

"Dat is waar. Het punt is, ze hebben het spoor niet gevonden en Gregory is woedend. Hij heeft me twee keer bezocht om te zien wat ik had ontdekt en hij bijt omdat het vee is verdampt. Ik vermoed dat hij zichzelf ervan heeft overtuigd dat hij heeft hier niets mee te maken en zal de zoektocht hebben opgegeven.

"Beter voor iedereen.

Wat ga je nu doen?

"Wacht tot mijn werkgever het ziekenhuis verlaat. Ik heb hem net gezien, hij is verbeterd, maar hij zal er niet zo snel uit kunnen komen als hij en ik zouden willen.

'En blijf je tot die tijd hier?

"Nee. Ik zal naar de berg gaan om mijn gebeden op te zeggen en ik zal van tijd tot tijd komen. Als mijn werkgever is genezen en de waarheid kent, dan zal het iets anders zijn. Als hij me toestemming geeft, blijf ik hier, maar vrij van handen, en dan zullen we zien wat er gebeurt. Ik zal je bezoeken als je komt om iets te weten te komen dat je me kunt vertellen.

Hij nam afscheid van de 'sheriff'. Sterker nog, hij wist niet of hij weer naar de bundel moest gaan, of in ieder geval die dag in San Antonio moest blijven.

Een toevallige en onverwachte ontmoeting was wat zijn onmiddellijke handelwijze besliste.

Hij liep de hoofdstraat af toen in de tegenovergestelde richting een groep van vijf mannen naderbij kwam. Ze leken opgewekt en wilden grappen maken, want ze lachten uitbundig.

Hij stond op het punt zich van het valse trottoir te scheiden om hen de weg te wijzen, toen hij, met een nieuwe blik naar hen, verstijfde. Degene die aan het hoofd van de groep stond, was iemand die hij in behoorlijk gevaarlijke situaties had ontmoet en een glimlach van vreugde verscheen op zijn gezicht toen hij hem herkende. Onstuimig naderbij komend, riep hij uit:

"Robert! ... Zoon van de duivel! Wat doe je in San Antonio?

De voornoemde, een jonge man van een jaar of dertig, lang, sterk, donker, met een energiek gezicht, keek hem aan, deed zijn mond wijd open en liep naar hem toe, zijn armen openend.

"Saul! ... Giftige pad! ... Kom laat me in je ribben knijpen totdat ik ervan overtuigd ben dat ze niet van staal zijn!

De twee omhelsden elkaar terwijl de rest van de groep was gestopt met glimlachen naar het tafereel.

Nadat hij de omhelzing had verbroken, stelde Robert voor:

"Wat als we de bijeenkomst zouden vieren door een "whisky" te drinken?

"Wat mij betreft, is er geen probleem als ik betaal.

'Nee. De laatste keer dat ik op je gezondheid dronk op de dag dat we ontslagen werden, weet je dat niet meer? Nu is het mijn beurt.

'Nou, maak geen ruzie meer of we gaan schieten.

"Zoals tijdens de campagne. Degene die we hebben geschoten!

'En degenen die ons hebben neergeschoten!

"Maar het was niet gemakkelijk voor duivels om lood in hun lichaam te krijgen. We hadden het gepantserd.

'Het zal van jou zijn, want de mijne is ooit geboord.

'Ze namen je dronken mee en daarom konden ze je neerschieten.

Ze gingen een herberg binnen en op wederzijds verzoek informeerden ze elkaar over zijn leven sinds het einde van de oorlog.

Robert was korporaal geweest in hetzelfde regiment als Saul en samen hadden ze aan veel acties deelgenomen.

Cowboy zoals Saúl werd gemobiliseerd en aan het einde van de campagne ging iedereen op weg naar hun respectieve ranches.

Maar Roberts patroon was verdwenen. De binnenvallende lawine verwoestte zijn ranch en hij vond niets dan as.

Dit dwong hem veel ontberingen te doorstaan totdat hij werk op een boerderij vond, maar hij had er genoeg van en toen hij hoorde dat de route van Abilene was geopend, was hij naar San Antonio gegaan, vergezeld van vier andere vriendelijke mensen, op zoek naar onderdak in een team van degenen die naar het noorden vertrokken.

En ze hadden geluk gehad. Een boer die die ochtend was gearriveerd en arbeiders nodig had, had ze alle vijf ingehuurd. Ze zouden echter nog drie dagen in San Antonio zijn, terwijl de boer wachtte op een andere metgezel die zich bij hem zou voegen, die zou volgen met een bundel vergelijkbaar met die van hem. Ze hadden afgesproken om al het vee en de arbeiders te verenigen om een sterker team te vormen dat de komst van het vee beter zou garanderen.

En aangezien ze drie dagen verlof en een voorschot van twintig dollar hadden gekregen, waren ze vastbesloten om de best mogelijke tijd te hebben tot ze vertrokken.

Saúl, van zijn kant, deed verslag van zijn hele odyssee zonder details weg te laten.

Nadat Robert naar hem had geluisterd, riep hij uit:

'En heb je geen vijf ons lood in het lichaam van die gier gedaan? Ik zou hebben.

"Het is niet makkelijk, want hij omringt zich met mensen die zijn rug bewaken en terwijl mijn werkgever in het ziekenhuis ligt, heb ik geen bewegingsvrijheid. Er kan mij iets overkomen, en wat gebeurt er met de bundel?

'Je hebt gelijk, maar het is jammer. Je weet echter al dat vrienden voor gelegenheden zijn en als je hulp nodig hebt, reken dan op de mijne en die van hen. We zijn allemaal voor één en één voor allen.

Saúl dacht even na. Hij kende Robert goed, kende zijn moed en loyaliteit, en was er zeker van dat hij dit vanuit het hart deed toen hij het aanbod deed.

En er kwam een duivels idee in hem op. Met de hulp van die vijf duivels geloofde hij dat het haalbaar was.

'Je zegt dat je drie dagen hebt?

"Helemaal van ons.

'Nou... er kwam net iets in me op om in lachen uit te barsten als het goed ging, maar ik kan het niet omdat die schurk mij en mijn pionnen ook kent. Maar jij en je teamgenoten zouden het kunnen. Het wordt aan het eind ontmaskerd, maar... als het stremt zoals ik denk dat het kan, zou het net zoveel zijn als die pad dwingen tienduizend dollar te betalen als compensatie voor het werk dat hij ons heeft aangedaan. Tienduizend dollar die zou worden verdeeld, de helft voor jou en de andere helft voor mijn werkgever.

"Hell's Bells! Voor minder dan dat greep ik Pedro Botero bij de horens en rukte ze af. Waar gaat het over?

"Ik leg het je uit, we schetsen het plan en als het je bevalt, gaan we het in de praktijk brengen. Er is geen commitment en als je het moeilijk of heel betrokken ziet, alsof we elkaar helemaal niet hebben gesproken.

"Het moeilijke is wat we leuk vinden. Spreekt.

Saúl besteedde bijna een half uur aan het uitleggen van het project en het benadrukken van de voor- en nadelen. Ze luisterden allemaal met grote aandacht naar hem en toen hij klaar was met spreken, scheen een duivels licht van vrolijkheid in de ogen van de vijf.

'Geweldig, Saul!'riep Robert.'En als het goed gaat, wat ik denk dat het zal doen, zullen we goed lachen totdat we bij Abilene zijn. Wanneer je maar wilt, staan we tot je beschikking.

'Nou, dan is het al laat, Robert.

Ze gingen allemaal op zoek naar hun paarden en kort daarna verlieten ze San Antonio, verdwaald in de prairie.

* * *

Die avond galoppeerde een kudde van duizend runderen onder bevel van Robert Yhon naar de oevers van de rivier, op zoek naar vrije ruimte om op enige afstand van het dorp te stoppen.

Het vee was hetzelfde dat Saúl drie dagen lang had verborgen, twintig mijl van daar, maar noch wie voor hen stond, noch de mannen die hen bewaakten waren hetzelfde.

Sauls plan was gedurfd en blootgelegd, maar hij wilde een test proberen. Als het plan goed zou verlopen en wat er met zijn werkgever gebeurde min of meer herhaald werd, zou Gregory misschien voor het eerst in zijn leven op een zo harde steen struikelen dat hij zichzelf veel schade zou aanrichten door de klap.

Saul wilde gebeurtenissen forceren. Omdat blijkbaar die manoeuvre van het plunderen van de kleine boeren die kwamen met de enige wens om hun vee te verkopen, een goed bereden truc was, waarin ze een voor een gingen bijten, als de gebeurtenissen zich deze keer op dezelfde manier ontwikkelden, Gregory hij in zijn eigen val zou lopen en hij zou er spijt van krijgen.

Omdat Saúl's idee, goedgekeurd door zijn collega's, was om de truc terug te geven aan Gregory en hem er duur voor te laten betalen.

Als er weer iemand uit het peloton stapte en aanbood als tussenpersoon voor de verkoop te werken, dan hadden ze alles klaar om de grote verrassing te produceren. Robert zou verschijnen als de zoon van een boerderij in het binnenland, gestuurd door zijn vader om dat vee te verkopen.

Zijn vier metgezellen zouden landarbeiders zijn, en aangezien ze daar allemaal vreemden waren, kon niemand vermoeden dat het vee hetzelfde was dat Saúl uit Gregory's kraal had gehaald. Voor hem en zijn handlangers moet het vee inmiddels vele kilometers verwijderd zijn geweest.

Saul had zijn pionnen vooruitgestuurd met het bevel zich op een aangewezen plaats op korte afstand van het dorp te stationeren. Als alles volgens plan verliep, moesten ze vanavond misschien de kudde weer overnemen, maar deze keer om met hem terug naar de ranch te galopperen.

Saúl had zich als pion bij het peloton gevoegd, maar uiteindelijk probeerde hij zichzelf incognito te houden om niet herkend te worden. Om dit te voorkomen had hij zijn gezicht verduisterd met modder en droeg hij een ander hemd dan hij de afgelopen dagen had gedragen. De hoed was ook anders, want hij had hem verwisseld met die van een van de pioenen.

Exprofeso ging een paar keer rond op zoek naar een geschikte plek om de hoorns te stoppen, maar Saul zorgde ervoor dat ze niet dezelfde kozen die hij later op de middag had gebruikt.

Eindelijk vonden ze een open plek waar ze moesten stoppen en Robert manoeuvreerde en gaf zijn mannen orders voor de beste positionering en bewaking van het vee.

Tijdens deze bestudeerde manoeuvre ontdekte hij een cowboy-achtig onderwerp dat erg geïnteresseerd leek in wat Robert aan het doen was. Eindelijk, toen alles in orde leek te zijn, riep Robert een van de peons en zei:

'Ik ga de stad naderen. Ik moet die vent vinden waar mijn vader me mee heeft verteld om mee te praten en contact op te nemen met de man die de andere partij vee van hem heeft gekocht. Hij vertelde me dat hij Barry heette en dat hij hem zou ontmoeten bij "The Golden Apple".

'Zorg voor het vee en met wat ik krijg, ben ik zo terug.'

Toen hij het stel wilde verlaten, ontmoette de man die in de buurt liep hem en zei:

"Neem me niet kwalijk, vriend, bent u de eigenaar van dat vee?

'Nee, maar trouwens alsof het zo was. Ze zijn van mijn vader, meneer Wilson uit Victoria en ik kom ze namens hem verkopen.

'Ik had je daar iets over horen zeggen en ik dacht dat je interesse zou hebben in mij om je te vertellen dat Barry, de veehandelaar die je zoekt, niet in San Antonio is.

"Verdorie, dat is goed! ... Waar is het dan?"

'Alleen hij kan het weten. Blijkbaar heeft hij een bedrag van een veekoper bedrogen en is hij van hier verdwenen. Het is meer dan vijftien dagen geleden dat er weer iets van hem is vernomen.

"En wat moet ik nu doen? Mijn vader was ervan overtuigd dat ik hem zou vinden en nu weet ik de naam niet van de handelaar die het vorige vee van hem kocht.

"Dat is geen belemmering als je vastbesloten bent ze te verkopen.

"Waarom breng ik ze anders mee? Denk je dat ik met dat stel hoorns op pad zou gaan? Ik moet ze verkopen of terugbrengen naar Victoria en dat is geen plan. verkoop het vee, het zal evenveel doen om het aan de een te verkopen als aan de ander.Ik zal een koper zoeken.

'Als dat de reden is, haast je dan niet, want ik kan je wijzen op een fatsoenlijk persoon die zich toelegt op het verwerven van kleine kuddes. Hij is een serieuze man en betaalt ter plekke wat hij accepteert.

'Dat vind ik leuk, vriend. Kun je me vertellen wie je bent en waar ik je kan vinden?

"Ik kan het u voorstellen, want het is mij bekend. Je bent vast al bij "El Caballo Salvaje", waar je meestal stopt in het donker.

'Je weet niet wat ik waardeer. Het niet vinden van Barry zou me grote opschudding bezorgen. Laten we gaan?

Ze begonnen allebei naar het dorp te lopen, waarvan de lichten al begonnen te flikkeren, en toen ze ver genoeg weg waren, verliet Saúl, die de dialoog op de voet had gevolgd, het stel en volgde het paar naar buiten.

Deze keer was het niet de zogenaamde Roger geweest die naar buiten kwam om het vee te ontmoeten. Gregory had hem ongetwijfeld uit de omloop gehaald uit angst dat de "sheriff" hem zou grijpen en hem zou dwingen te zingen.

Op een afstand volgde hij het paar en zo kwamen ze San Antonio binnen, waar het voor Saúl gemakkelijker was om de afstand in te korten om zijn partner niet uit het oog te verliezen.

En dus zag hij ze "The Wild Horse" binnengaan waar ze allebei plaatsnamen.

Het was warm en de deur van de bar stond open, waardoor Saúl in een grensgebied, in een schaduwrijk gebied, in een hinderlaag kon lopen en van daaruit het interieur van de bar kon bewaken.

Zo zag hij hoe Robert aan een tafel zat en een kelner hem een drankje serveerde, terwijl de onderdanige pion hem, na een paar woorden met hem te hebben gewisseld, hem liet zitten en zich haastig naar buiten haastte.

Saul volgde hem. Hij was er zeker van dat hij Gregory zocht om hem verslag te doen van de nieuwe zaak.

En hij vergiste zich niet, want hij ging "The Silver Dollar" binnen waar hij zeker wist dat hij het ongewenste kon vinden.

Tien minuten later kwamen Gregory, degene die hem was komen zoeken, en drie andere mannen, die hen op enige afstand volgden, uit de gokhal.

Toen ze "The Wild Horse" weer bereikten, gingen Gregory en zijn hond de bar binnen, terwijl de drie die hem volgden op straat bleven, maar posities innamen rond de deur en probeerden onopgemerkt te blijven in de schaduwen.

Saul dacht dat hij aan het raden was wat er kon gebeuren. Deze keer zou er geen schijngevecht zijn om Robert op te sporen, omdat het gevaarlijk zou zijn om de truc te herhalen wanneer de "sheriff" een verslag had van wat er met McClellan was gebeurd, maar het vulgaire systeem zou worden gebruikt om hem uit de tent te laten. met het geld en hem volgen om hem op het meest gunstige moment te beroven.

En aangezien berovingen daar aan de orde van de dag waren, vooral 's nachts, kon Gregory worden verdacht, evenals de vele andere schurken die San Antonio wemelden.

Saul was gespannen en wist niet welke beslissing hij moest nemen. De komst van de schurken en de plaatsen die ze hadden uitgekozen om in een hinderlaag te lopen, lieten hem niet toe weer voor de deur te gaan staan om Gregory's manoeuvre vanaf daar te observeren.

Maar uit angst voor het leven van zijn vriend, omdat hij voorbereid was op wat er binnen het pand zou kunnen gebeuren, maar niet daarbuiten, nam hij een drastisch besluit. Hij moest de "sheriff" op de hoogte stellen, verslag doen van wat er gebeurde en zijn hulp vragen om te voorkomen dat Robert werd aangevallen op het moment dat hij het het minst verwachtte.

Omdat de kantoren niet ver weg waren, rende hij naar hen toe en stormde het kantoor van de sheriff binnen.

Hij was op dat moment in de verbintenis van een van zijn commissarissen en toen hij Saul zo zag inbreken, vermoedde hij dat er iets ernstigs aan de hand was en stond op.

'Wat gebeurt er met hem? Ben je aangevallen?

"Nee, maar als we niet haasten om in te grijpen, is het leven van een vriend van mij ernstig in gevaar.

Wie bedreigt jou?

'Gregory. Of liever, drie van zijn gieren, die momenteel in een hinderlaag voor 'El Caballo Salvaje' wachten tot mijn vriend naar buiten komt om hem te volgen en hem te beroven.

'Waarom kan je dat zo verzekeren?

"Omdat mijn vriend een klein stel hoorns heeft nagelaten en, net als ik, een man die deze keer niet Roger was, maar een andere, hem is tegengekomen en heeft aangeboden hem in contact te brengen met een koper. Hij heeft het meegenomen naar "The Wild Horse" om hem aan de koper voor te stellen en daarna is hij naar "The Silver Dollar" gegaan op zoek naar Gregory.

"Deze is nu bij mijn vriend die het vee probeert te verkopen, maar buiten liggen mannen in een hinderlaag te wachten op een bestelling of een signaal dat hen vertelt dat ze kunnen ruilen om het geld terug te krijgen.

De "sheriff" staarde Saul aan en vroeg:

Hoe weet je daar zoveel details over?

"Heb ik je niet verteld dat het een vriend van mij is die...?

"Luister even. Je weet dat ik geen dwaas ben en dat als ik ooit zo lijk, dat komt omdat de onpeilbare dingen sterker zijn dan ik kan.

"Ik sta te popelen om op Gregory te jagen en daarom heb ik er geen probleem mee om een oogje dicht te knijpen voor sommige gebeurtenissen die ik onder normale omstandigheden niet zou hebben getolereerd. Ik geef echter niet toe dat het de bedoeling is mij te misleiden om in dat opzicht op mij te blijven rekenen. Daarom, ofwel vertel je me de waarheid zodat ik weet of ik moet handelen en hoe, of anders ga ik niet weg totdat ze me roepen om het lichaam van je vriend op te tillen.

'Natuurlijk, als je me een beetje opschiet, kan ik je van tevoren vertellen wat je me tot nu toe niet wilde vertellen. Bijvoorbeeld, dat deze bundel die je vriend van plan is te verkopen aan Gregory dezelfde is die je uit zijn kraal hebt gehaald en dat wat je nu probeert is hem in de val te laten lopen en hem op heterdaad te pakken.

Saúl glimlachte geamuseerd en antwoordde:

'Je bent slim, sheriff. De waarheid is dat. Ik kwam die vriend tegen die korporaal was in mijn regiment. Hij is hier met vier andere kameraden die zijn ingehuurd om over drie dagen naar Abilene te vertrekken en sindsdien hebben we elkaar ons leven verteld. we hebben de vergunning gekregen." Toen ik hem informeerde over mijn verblijf hier en alles wat er was gebeurd, vroeg hij me waarom ik de schurk Gregory geen goede les had geleerd.

"Ik vertelde hem dat ik het om vele redenen nog niet had kunnen proberen, maar dat ik wachtte op mijn kans nadat mijn werkgever het ziekenhuis had verlaten. Dus boden de vijf aan om me te helpen het evenement vooruit te helpen, en we bedachten de truc om hem te laten doorgaan voor de zoon van de eigenaar van onze bundel. Omdat zijn vrienden niet bekend waren, zouden ze doorgaan als pionnen van het team en Robert bood aan zijn geluk te beproeven om te zien of ze de poging met hem zouden herhalen, zoals ze hadden gedaan met mijn werkgever.

"En zo is het geweest, alleen deze keer greep Roger niet in en, naar ik vermoed, zal er geen ruzie zijn in de bar, maar op het juiste moment wordt mijn vriend beroofd op een geschikte plaats om zijn geld stelen.

'Het is mogelijk, maar wat stelt u volgens uw plan voor? Gregory dwingen om dezelfde bundel opnieuw te kopen?

"Waarom niet, als je het niet eerder hebt gekocht omdat je het geld hebt gehouden?

'Nou, daar heb je dat spel. Mijn missie in dit geval is om het leven van je vriend te beschermen en niet te worden aangevallen en ernstig van streek te raken.

'En aangezien ik veronderstel dat zijn interesse is dat Gregory het vlees koopt en ervoor betaalt, zullen we moeten wachten tot de deal wordt gesloten. We gaan in ieder geval voorzorgsmaatregelen nemen om te voorkomen dat gebeurtenissen doorzetten. "

Hij richtte zich tot de commissaris en beval:

'Zoek snel je partner en ga met hem naar de herberg van Carl, waar ze op me zullen wachten. Omdat het dicht bij "El Caballo Salvaje" ligt, kun je me meteen ontmoeten en als je toevallig een schot hoort, wacht dan niet tot ik je zoek. Ren onmiddellijk naar het gewricht.

De commissaris verliet het kantoor en de "sheriff" zei:

'Laten we gaan. Je zult me vertellen waar die gieren zijn.

Ze gingen op weg naar "The Wild Horse", maar lang voordat ze hem bereikten, gaf Saúl aan:

'Als we verder gaan, zullen ze je ontdekken. De drie bevinden zich, twee aan de zijkanten van de deur, hoewel wat ver weg, en een andere tegenover.

Ze waren op de hoek van een straat gestopt en de "sheriff", gespannen, keek naar de joint.

Door het brede vierkant van de deur werd het binnenlicht van het pand geprojecteerd op het stof van de weg, dat intens was. Soms, wanneer een klant bij de deur kwam, markeerde het licht in het zwart zijn langgerekte gestalte naar de straat.

Op dat moment werden twee silhouetten in de ruimte geprojecteerd. In de gloed van de lampen herkende Saul zijn metgezel.

'Het is mijn vriend Robert. Hij gaat vergezeld naar buiten.

"Maar niet voor Gregory" zei de "sheriff" "Wie hem vergezelt is zijn meest vertrouwde man; Briand "El Pecas".

Hij trok zijn revolver en Saul volgde.

'Denk je dat ze je hier zullen aanvallen?

"Ik vermoed van niet. Het is een slechte plek om het te doen. Ze zullen wachten tot hij afscheid neemt van Briand en...

Niemand was verhuisd met de bedoeling het paar te volgen en het paar ging, zeer verenigd, de straat op langs de grens naar de hoek waar de "sheriff" en Saúl in een hinderlaag liepen.

Hij raadde waar ze heen gingen.

'Ik vermoed dat ze het vee gaan zien. Het adres is dat.

"Het is mogelijk. Gregory zal deze keer niet zo schaamteloos gezien hebben en heeft zijn tweede gedelegeerd.

In feite liepen beiden door de straat op zoek naar de uitgang van de stad.

De "sheriff" mopperde:

"Het lijkt mij dat de situatie duidelijk is. "El Pecas" zal het vee zien, Gregory vertellen dat ze in goede staat zijn en daar, de overeenkomst zal worden ondertekend en het geld zal worden afgeleverd. Laat je aasgieren dan maar opschieten met je vriend.

'Het lijkt me dat je duidelijk hebt gezien. Wat ga je doen?

'Het plan van onze vriend verpesten wanneer hij het het minst verwacht. Zodra ze terugkomen, zal ik met de hulp van mijn commissarissen die drie vogels verrassen en ik zal ze naar mijn kantoren brengen. Dan ga ik naar de bar en blijf daar tot zijn vriend hem heeft verlaten. Je wacht hier op hem en brengt hem naar een veilige plek.

'Later loop ik weg alsof ik er niets van af weet en laat ik Gregory genoegen nemen met het legaal kopen van het vee. Aan het eind van de dag zal hij niets hebben verloren, aangezien het geld van de eerste aankoop in zijn zak is teruggekeerd. "

Saúl glimlachte in de schaduw. Dat was de overtuiging van de "sheriff", maar de waarheid zou heel anders zijn. Hij had niet met de man met de ster over dit einde willen praten omdat hij betwijfelde of hij zijn plan zou goedkeuren, maar hij begreep dat een schurk van het kaliber van Gregory die niet aarzelde om te gokken met de levens van eerlijke mannen, alleen om hem een paar duizend dollar te bedriegen, moest hij gestraft worden met zijn eigen wapens.

Het kostte hen meer dan een uur om terug te komen, maar eindelijk kwamen ze terug van de rivieroever en gingen terug naar het speelhol.

Zodra ze erin verdwenen, merkte de "sheriff" op:

"Hoeveel haast ze ook hebben, in minder dan een kwartier of twintig minuten is alles snel af. Het is precies het moment om het hele plan te bederven.

Snel ging hij naar de herberg waar zijn commissarissen wachtten, en ging met hen naar de straat, waar hij zei:

"Je draait je om om de weg op te gaan vanaf het onderste deel van de gokhal en jij vanaf de bovenkant. Ik zal de grens oversteken en in slechts tien minuten zullen we allemaal een schurk tegenkomen in Gregory's dienst die gestationeerd is rond 'The Wild Horse'. Breng de revolver op hun borst als de eerste groet en als iemand probeert te schreeuwen, dien dan een portie van de kolf van een revolver op hun hoofd zodat ze op hun tong zullen bijten. Laat ze de weg oversteken en naar de muur kijken met hun handen omhoog totdat ik bij je ben. Laten we gaan.

Ze gingen zwijgend uiteen en Saúl voegde zich bij de "sheriff" die de grens overstak.

Toen ze de hinderlaag naderden, probeerde hij te lopen alsof hij er geen zin in had om daar te blijven, maar de zachte en dreigende stem van de "sheriff" hield hem tegen:

'Toch. Hendrix, ik heb een revolver in mijn hand die kan worden afgevuurd zonder het te beseffen. Wat deed je hier?

'Niets,' sheriff'', zei de schurk met opeengeklemde tanden, 'ik ging slapen omdat ik me niet lekker voelde en ik zocht een sigaret. Ik moet tabak hebben verloren en...

"Zolang je je verstand niet verliest, kun je tevreden zijn. Wil je je rug omdraaien met je handen zo hoog mogelijk op de muur rustend?

"He jij...

'Wil je het doen of wil je dat ik twee ons lood in je nieren doe? Kies, ik heb haast. De schurk vermoedde dat de "sheriff" niet tevergeefs dreigde en gehoorzaamde. Op een signaal van de "sheriff" trok Saúl de revolver uit.

'Nou, hier zijn wat handvatten, doe ze om en ik hoop dat je ontslag neemt als je geen slechtere tijd wilt hebben. Geboeid het ongewenste, beval de "sheriff":

"Blijf doorgaan. Ik denk dat je graag je collega's wilt ontmoeten, die zich niet legitiemer moeten voelen dan jij.

Toen ze een van de commissarissen bereikten, had hij een andere van de hinderlaag die naar de muur gericht was.

De handeling van hem ontwapenen en de handboeien omdoen werd herhaald en kort daarna met de ander en in minder dan tien minuten waren alle drie geannuleerd.

'Breng ze naar de kantoren en sluit ze op. Later ga ik een tirade met ze houden.

En toen zijn commissarissen met de drie gevangenen vertrokken, zei de "sheriff", gespannen:

'En nu gaan we het gezicht van de gevaarlijke roofvogel van San Antonio zien. Ik ben bang dat het kruitvat deze keer zo zal ontploffen dat het sommigen volledig zal raken.

HOOFDSTUK IX

GREGORY VERLIEST DE VOETSTEUN

Sauls plan had zich ontwikkeld alsof alles alleen van hem afhing. Gregory, die aandrong op zijn procedures voor het oppotten van geld, misschien omdat hij een gevaarlijke toekomst in San Antonio zag, had niet geaarzeld om het systeem dat bij McClellan werd gebruikt te herhalen, hoewel hij deze keer om het terrein van de verdenking te vergroten, had afgezien van het theatrale apparaat van een rij. in het gewricht. Robert zou daar ongehinderd weglopen en dan, ergens ver van "The Wild Horse", zou iemand hem aanvallen om zijn geld te stelen.

Deze keer was de deal gesloten voor negen dollar per hoofd. Meer wilde Gregory niet geven en Robert accepteerde ze, want tenslotte verloren noch hij, noch zijn vriend iets van zichzelf met de aanvaarding.

Maar aangezien Robert niet wist wat voor soort val voor hem zou worden gelegd, moest Saúl, zodra hij het geld op zak had, in de gokkamer blijven totdat hij met de "sheriff" sprak en hij verscheen aan de bar, om je leven te garanderen. Hij was alleen maar bezig met zeer alert zijn vanaf het moment dat hij het geld ontving en ervoor zorgen dat hij op geen enkele manier verrast zou worden.

De operatie was uitgesteld omdat Gregory niets blindelings wilde tekenen, zolang hij niet de garantie had dat het vee de getaxeerde prijs waard was en daarom had hij "El Pecas" gestuurd om het vee te onderzoeken. De schurk begreep veel vee dat het lange tijd als cowboy had gefungeerd.

Zijn rapport besliste over de operatie en Gregory gaf, in ruil voor de bijbehorende kwitantie, negenduizend dollar.

Robert, met al zijn zintuigen alert, stak de biljetten in zijn zak en ging aan tafel zitten. Hij had er een uit de hoek gekozen en zorgde ervoor dat hij zich zo positioneerde dat hij tegenover de klanten stond.

'Wanneer ga je voor het vee zorgen? Hij vroeg Gregorius.

'Bij zonsopgang. 's Nachts is het blootgesteld aan het verplaatsen van vee en ik wil niet dat er vee verloren gaat. Ga je terug naar het bos?

'Nee, want ik kan wachten. Ik kom in de verleiding om mijn geluk te beproeven in het spel. Mijn vader gaf me toestemming om het vee te verkopen voor maximaal acht dollar. Ik heb ze voor negen verkocht en die extra dollar kan ik kwijt zonder dat iemand me om een rekening hoeft te vragen.

'Nou, aangezien ik niet veel te doen heb tot het tijd is om het vee te halen, kan ik je vergezellen en dus gaan we samen als de zon opkomt. Het ziet er goed uit?

"Wat mij betreft, opgetogen.

'Wacht dan tot ik orders geef, zodat bij het ochtendgloren de mannen klaar staan die de bundel moeten overnemen.

Hij noemde "El Pecas" en gaf hem instructies. Voor Gregory was het een garantie en een rust dat Robert daar zou blijven, maar aan de andere kant verijdelde het zijn plan, want als de verkoper daar niet voor het daglicht zou vertrekken, zouden zijn mannen hun tijd verspillen met wachten aan de deur van het gewricht.

Hij naderde "El Pecas" en zei met gedempte stem:

'De man wil hier niet voor zonsopgang weggaan en dit dwarsboomt mijn plannen. Haal onze mannen van de straat en kijk uit wanneer de zon opkomt. We zullen een manier moeten vinden om onvoorzichtig te handelen waar er geen gevaar is dat iemand ingrijpt.

"Ik denk dat de beste plek zal zijn als je voor het vee zorgt. Omdat hij zal moeten gaan waar het stel is, is dat eenzamer en ...

"Maar zijn pionnen...

'Nou, dat zal ik bestuderen. Het punt is, loop niet weg met het geld.

Gregory keerde terug naar Robert, die afgeleid leek, maar het paar niet uit het oog had verloren. Hij vroeg zich af waar ze het over zouden hebben, hoewel hij het vermoedde.

Maar tegelijkertijd was hij ongemakkelijk over de rust die daar heerste. Het is waar dat niemand de rust had verstoord als een bedreiging voor hem, maar er werd niet uitgelegd hoe Saul zo inactief bleef.

Gregory nodigde Robert uit:

'Wil je dat we naar de speelkamer gaan?

"Voor mij, ga je gang, maar eerst ... Waar is de pen hier? Ik heb te veel gedronken vanmiddag en ...

Gregory glimlachte en wees naar de achterdeur.

'Ga de gang door en je zult haar aan het einde vinden. Ik wacht op jou.

Robert stak de gang over, bereikte de kraal, en zonder te stoppen, tilde hij de stang op de deur op en stapte uit op vrije grond.

Veloz rende om de gebouwen heen de Main Street in. Saul moest daar zijn en hij moest hem zien en met hem praten. Als hij daar was en hem vertelde terug te gaan naar de joint, zou hij dat doen zonder dat Gregory de manoeuvre had opgemerkt.

* * *

De "sheriff" stond op het punt "El Caballo Salvaje" binnen te gaan toen "El Pecas", onstuimig, de weg op kwam op zoek naar zijn satellieten.

Terwijl hij dat deed, botste hij tegen de "sheriff", die hem bij de arm vasthield.

"Wat is er aan de hand," Sproeten "dat gaat zo snel? Maag doet pijn?

De schurk trok een grimas en antwoordde:

"Gelukkig doet niets me ooit pijn. Ik heb haast en ik denk niet dat ik het hoef uit te leggen.

Wie weet... was je toevallig op zoek naar je drie vrienden?

'Welke vrienden? Vroeg de schurk, zich verstijvend.

"Die drie die hier al meer dan twee uur aan de deur hingen.

'Ik weet niet wie je bedoelt.

'Heb je ze niet gezien toen je anderhalf uur geleden uitging met een boer in wiens gezelschap je naar de rivier ging?

'The Freckles' spande zijn spieren. Instinct vertelde hem dat de "sheriff" zich te veel bewust was van de bewegingen van zijn baas en dat het ding iemand gevaarlijk dreigde te betrekken.

"Ik heb niemand gezien en ik hoefde er ook niet naar te kijken.

"Misschien heb je daar gelijk in. Wat is er gebeurd met de boer die je vergezelde tijdens dat nachtelijke bezoek?

'Denk je dat ik het heb gegeten? Het heeft het daar.

"Ik vier hem veel, want hij is een man die mij enorm interesseert. Ze hebben het me van Victoria aanbevolen en de waarheid is dat ik het niet leuk vind dat het in het gezelschap is van elementen zoals jij en je baas.

'En aangezien ik veronderstel dat dit contact geen ander doel had dan het bespreken van de verkoop van het vee dat u naar San Antonio bracht, hoop ik dat u me wilt informeren over het verloop van de onderhandelingen.

'Waarom vraag je het niet aan de boer of aan Gregory? Ik ben noch de koper, noch de verkoper.

'Maar je bent een tussenpersoon en... heel gevaarlijk,' Sproeten. " Zo gevaarlijk als de drie jongens die je hier had gestationeerd, wachtend tot die man naar buiten zou komen met het geld in zijn zak. Het herhalen van de vechttruc was erg bloot, maar hem in de schaduw en op afstand stalken, niet zozeer,

"Het vervelende is dat ik mezelf deze keer niet de leiding heb laten nemen. Je vrienden rusten in mijn kantoren, waar hun activiteiten minder gevaarlijk zijn, en aangezien je geïnteresseerd bent in contact met hen, is het het beste als je mij volgt en ze daar ontmoet.

"We moeten over veel dingen praten en nergens beter dan in mijn kantoren. Wil je zo aardig zijn dat je me uit vrije wil vergezelt? "

"El Freckles" was geen man wiens navel kromp als hij met gevaar werd geconfronteerd. Hij vermoedde dat de dingen een punt hadden bereikt waarop de "sheriff" op tragische wijze het doel naderde waarnaar hij al lang op zoek was en begreep dat, als hij niet langer bespot kon worden, hij alles op het spel moest zetten om hem te onderdrukken.

En snel bracht hij zijn hand opzij om de revolver te trekken, maar toen het wapen uit de holster kwam, kwam op korte afstand een andere hand uit de schaduw tevoorschijn, die de zijne greep en de actie verhinderde, terwijl iets duns en ronds dat hij hoefde niet te zien om te beseffen dat het de loop van een revolver was, het werd in zijn nieren gedreven.

"Maak die hand los en het zal beter voor je zijn" zei de stem van Saul zacht, die degene was die de "sheriff" te hulp was gekomen.

De schurk knarsetandde van woede. Hij was in een val gelopen waaruit hij niet wist hoe hij eruit moest komen.

Hij maakte zijn hand los en Saul trok het wapen eruit en greep het.

"Zeer tijdige vriend" merkte de "sheriff" op "en die kans heeft deze pad gered, althans voorlopig, omdat hij in de schaduw niet besefte dat ik de revolver in de palm van mijn hand had verborgen. Ik zou niet hebben laten schieten, maar het is beter zo, dat er geen geluid is geproduceerd.

Op dat moment naderde iemand de groep. De 'sheriff' bewoog zich en richtte de revolver op hem. maar Saul, die zijn vriend herkende, haastte zich om te waarschuwen:

'Pas op, sheriff,' het is mijn vriend Robert.

"Duivel! ... Waar komt het vandaan?"

"Vanaf daar. Wat er gebeurt, is dat ik de kraal heb verlaten, geïntrigeerd om te zien dat niemand kwam opdagen om deel te nemen aan de viering. Mijn vriend Gregory wacht op me om een tijdje met me te spelen en dan, bij zonsopgang, een wandeling langs de oevers van de rivier te maken.

'Heel slim, vriend, maar ik denk dat je beter niet het risico loopt terug te komen. Luister Saul; mijn commissarissen zullen in de kantoren dat andere trio bewaken. Hier zijn wat handboeien, doe ze vriendelijk om vriend "Freckles" en breng hem daar met de anderen. Wacht op me op de kantoren, ik zie je als ik een gesprek heb gehad met vriend Gregory. Ik ga kijken hoe ik de nacht een beetje verbitter.

Saúl knikte en, de gevaarlijke ongewenste geboeid, dwongen ze hem naar voren te lopen, de "Colt" op de zijkanten aanbrengend als een waarschuwing voor wat het zou kunnen zijn om te spelen als hij probeerde weg te rennen.

De "sheriff", rustiger toen hij wist dat Robert veilig was, ging eindelijk de bar binnen. Nu was ze volledig vrij om te bewegen zonder angst voor iemands leven.

Gregory leek een beetje nerveus. Hij keek geïnteresseerd naar de deur van de kraal en leek ongeduldig te worden door de langdurige afwezigheid van de boer.

De binnenkomst van de "sheriff" maakte hem gewoon nerveus. Het was niet vreemd dat hij 's nachts deze tumultueuze plaatsen bezocht, maar het moment was zo kritiek dat instinct hem leek te waarschuwen dat zijn binnenkomst in de bar niet toevallig was.

Maar door een beroep te doen op zijn beheersing van zenuwen, deed hij alsof hij een kalmte had die hij niet had.

"Hallo Gregory! "Begroet de 'sheriff' met een vriendelijke glimlach." Ik zie hem erg onbezet en stijf. Is hij ziek?

"Nee bedankt, ik voel me prima.

"Ik vier het. Het is heel vreemd om hem niet te zien drinken of spelen.

"Ik wacht even op een vriend die de pen is binnengegaan. Als je zo geïnteresseerd bent om mij iets te zien doen wat je zegt, wacht dan even en over een paar minuten vind je me aan de roulettetafel.

'Ik wens je veel succes, Gregory, maar ik ben bang dat het niet met die 'vriend' zal zijn dat je vanavond roulette speelt of zo. Het lijkt erop dat hij zich ziek heeft gevoeld en ervoor heeft gekozen om te gaan rusten.

Gregory vermoedde dat er iets subtiels om hem heen in de buurt kwam en riep uit:

"Wat betekent het?

'Niet veel, Gregorius. Het is echter iets dat u graag wilt weten.

Die "vriend" van jou is ook een vriend van mij. Hij is de zoon van een boer uit Victoria die met een klein pakketje is gekomen om het te verkopen. Zijn vader schreef me om me te adviseren en uit angst dat hij in verkeerde handen zou vallen, zorgde ik ervoor dat ze zijn aankomst en zijn bewegingen in de gaten hielden.

"En ik ben teleurgesteld om te zien dat je niet zo slim bent als je lijkt, omdat je het gezegde hebt gedaan dat de mens het enige dier is dat twee keer over dezelfde steen struikelt.

"Omdat je de truc hebt herhaald om een man in de wei te zetten om op de onoplettende mensen te jagen die kleine bundels komen verkopen en die kerel, die deze keer niet Roger was, omdat hij verdwenen is, heeft je hier gebracht om je in hun klauwen zoals ze Mr. McClellan een paar avonden geleden bij hem brachten.

Boze Gregory bewoog zich en schreeuwde:

"Je bent een idioot en deze keer heb je jammerlijk gefaald. Het is waar dat ze mij die boer hebben gebracht, zoals ze mij anderen hebben gebracht, maar wat heeft hij nog meer te beweren? We hebben een overeenkomst gesloten, ik heb het vee gekocht, ik heb hem in goede dollars betaald voor zijn vee en er is niets met hem gebeurd ... Is het dat ik geen recht heb om een manier te vinden om zaken te doen, zelfs als ik de hulp van een man? vertrouwen?

'Je bleef volharden in mijn deelname aan het ongeluk van meneer McClellan, wat je niet hebt kunnen bewijzen, en nu probeer je mij de schuld te geven van iets dat alleen in jouw fantasie is gebeurd. Denk je dat ik bereid ben toe te staan dat je mij als doelwit neemt voor je mislukkingen?

"Ik heb niets gedaan en er is niets dat u mij kunt bewijzen. Aan de andere kant heb ik hem aangeklaagd dat er wat vee van mij is gestolen dat legaal van mij was en in plaats van de dieven te zoeken, verspilt hij jammerlijk tijd aan het verspreiden van zulke ruwe netten, die alleen maar domme gaten zijn zonder juridische kracht om me in te pakken ... Ben je zo'n idioot dat je het niet wilt beseffen?

"Als die man in werkelijkheid de zoon is van een vriend die jou heeft ontmoet, denk ik dat dit het bewijs is dat hem niets is overkomen en dat niemand tegen hem heeft geprobeerd. Als je het zo gepland hebt, in de overtuiging dat je in het bezit was van de waarheid, zul je je realiseren dat je de grootste belachelijke dingen doet. "

'Het is mogelijk, Gregory, maar ik ben bang dat jij het een beetje bij het verkeerde eind hebt. Ik ben geen idioot zoals je vermoedt, en het net heeft ook geen gaten die zo breed zijn dat een olifant er doorheen kan ontsnappen.

"Op dit moment heb ik in mijn kantoren, klaar om een leuk gesprek met mij en met de commissarissen te hebben, de drie jongens die je bij de deur had gepost om te wachten tot mijn vriend zou vertrekken en ook enna "The Freckles", die blijkbaar komen om hen te ontmoeten om hun instructies te geven. Die vier zijn daar op een veilige plaats, het is nu wanneer we veel dingen gaan verduidelijken die je tot nu toe het grote vermogen en het grote geluk hebt gehad om te ontwijken.

"Ik heb je gewaarschuwd dat ik geen man ben die opgeeft en ik ga het je bewijzen. Als ik ongelijk had, ben ik bereid het toe te geven, om mezelf als lasteraar te laten vervolgen en de ster voor altijd te verlaten; maar als ik me niet vergis, zullen er veel gebeuren. zeer pittoreske dingen. En zoals dat zal worden aangetoond in de confrontatie die we vanavond allemaal in mijn kantoren gaan houden, nodig ik je uit om met mij mee te doen. Daar zullen we alles ophelderen en een van ons zal worden verslagen en de andere zal zegevieren.

"Dus als je er zo zeker van bent dat je eerlijk hebt gehandeld, zul je de eerste zijn om te wensen dat de waarheid zou schijnen en dat ik zou worden afgeschrikt. Dus ik hoop dat hij niet smeekt en me uit vrije wil vergezelt ."

Terwijl de "sheriff" de ware situatie ophelderde, realiseerde de schurk zich dat de "sheriff" deze keer slimmer was geweest dan hij had verwacht en hem op het punt stond hem in zijn nek te knijpen en zijn verbeelding op volle snelheid werkte, op zoek naar een uitgang die deed niet gemakkelijk te zien omdat het netwerk te dicht was.

En uit angst dat zijn triomfantelijke carrière in overvallen op een tragische manier zou eindigen, nam hij, zoals "El Pecas" eerder had geprobeerd, een drastisch besluit.

Hij liet zich niet meenemen en opsluiten als een zachtmoedig lam en gaf er de voorkeur aan zich aan alles bloot te stellen, om een maas in de wet te vinden waardoor hij kon ontsnappen. Hij zou een beroep doen op de meest tragische, zelfs als het hem dwong om San Antonio te paard te verlaten en zijn toevlucht te zoeken in een andere minder blootgestelde plaats.

Maar in de veronderstelling dat de "sheriff" op de hoogte was en dat het niet gemakkelijk zou zijn hem te verrassen, zijn reactie verbergend en zonder de trekken van zijn pokergezicht ook maar in het minst te veranderen, riep hij uit:

Waarom geen sheriff? Ik ben bereid me aan die test te onderwerpen om te laten zien dat je te ver bent gegaan in je fantasie.

'Mag ik in dat geval uw revolver overnemen voordat we uitgaan? Ik hou er niet van om in de schaduw te lopen met een man die een "Colt" aan zijn zijde heeft en die zo snel mogelijk kan gebruiken.

"Heel goed. Wil je dat ik het aan je geef? Verwijder je het liever zelf, of laat iemand het voor je doen? Ik accepteer wat je hebt om je nog een keer te bewijzen dat je ongelijk hebt.

De "sheriff" aarzelde even. Hij was ervan overtuigd dat Gregory er niet mee in zou stemmen hem vrijwillig te vergezellen, laat staan dat hij zich straffeloos zou laten ontwapenen, en hij vroeg zich af of hij het bij het verkeerde eind had gehad deze keer, toen hij geloofde dat hij zegevierde; maar vastbesloten om tot het einde te gaan, antwoordde hij:

'Ik heb liever dat iemand het pistool van je afpakt, maar probeer geen truc uit te halen, want het zal duur komen te staan.

'Het zal je nee laten zien.

Hij draaide zijn rug en hief zijn armen op. De sheriff gaf een signaal aan een cliënt dat hij degene was die de revolver van achteren uit de riem van de schurk zou halen. Voorafgaand aan de gespannen dialoog was er een indrukwekkende stilte in de bar gevallen. Niemand, zelfs de "sheriff" zelf niet, had het aangedurfd om het gevaarlijke ongewenste onder ogen te zien en het feit dat die situatie zich had voorgedaan, had hen geschorst.

De cliënt trok Gregory's revolver en gaf hem aan de 'sheriff', die hem in zijn zak stopte. Gregory draaide zich om.

'Ben je tevreden? vroeg hij wrang.

"Iets wat je meer hebt gedaan dan ik had verwacht; maar hij heeft nog niet alles gedaan. Kom op, ga je gang.

Toen gebeurde het onverwachte. Gregory, die zijn rechterarm liet zakken, had een kleine revolver laten glijden die in zijn mouw verborgen was en voordat de "sheriff" zijn wilde bedoelingen kon realiseren en minder om zichzelf op wacht te zetten, vuurde hij twee keer op hem terwijl hij van zijn rug sprong als een kat, om de deur naar de gang te winnen en door de kraal te vluchten, zoals Robert was gevlucht.

De "sheriff" slaakte een kreet van angst en legde zijn handen op zijn borst in een gebaar van pijn en wanhoop, terwijl de getuigen van het drama, verlamd door de onverwachte agressie van de schurk, niet tegen hem hadden gereageerd.

Maar toen ze het probeerden, was het te laat, want Gregory, op volle snelheid en nadat hij de deur van de kraal open had gevonden, verdween. Sommigen gingen de 'sheriff' helpen. Deze, die heel probeerde te blijven, riep uit:

'Alsjeblieft, een van jullie rent naar mijn kantoren en ziet mijn commissarissen, die daar zijn! Laat ze die verraderlijke jakhals zoeken en geef niet op totdat ze hem doorzeefd met kogels brengen!

Bij gebrek aan kracht zakte hij in elkaar en onder anderen, nadat ze zakdoeken op de wonden hadden aangebracht om het bloeden in te dammen, droegen ze hem en gingen haastig op zoek naar de dichtstbijzijnde dokter.

Om het bevel van de "sheriff" uit te voeren, rende een van de klanten naar de kantoren, waar de twee commissarissen, Saúl en Robert, ongeduldig op de terugkeer van de "sheriff" wachtten.

Uit voorzorg waren de arrestanten opgesloten in kooien. Er waren te vier soorten van die gevaarlijkheid om er geen voorzorgsmaatregelen mee te nemen.

En ze wachtten ongeduldig op de terugkeer van de 'sheriff'. Hoewel ze stoer en dapper smaakten, voelden ze een zeker onbehagen, want Gregory kennende moest je een woeste reactie in hem vrezen als hij zichzelf in dreigend gevaar zag.

Gregory wierp vuur uit zijn ogen en rende snel naar "The Silver Dollar", waar op dat moment de rest van zijn mannen zouden moeten zijn.

De bende was gekrompen, omdat Gregory voorzichtig Roger en alle anderen die hadden deelgenomen aan het schijngevecht uit San Antonio had gestuurd op de avond dat McClellan gewond was geraakt.

Maar hij had daar nog vijf man over. De andere vier waren in de gedetineerde "sheriff's" kantoren. Met een heerszuchtig signaal dwong hij ze de weg op en toen ze buiten waren, brulde hij:

"Het is tijd om alles op één kaart te riskeren. De "sheriff" had me vanavond erin geluisd, en kreeg een deel van het succes. Hij heeft "El Pecas" en drie anderen vastgehouden in zijn kantoren en hij was van plan mij te arresteren. Ik heb hem met twee schoten neergeslagen in "El Caballo Salvaje" en aangezien we hem niet langer kunnen bespotten, moeten we de beslissende slag leveren. Of hij of wij.

"Om deze reden heb ik besloten dat we de kantoren overvallen en onze bedrijven vrijheid geven.ñEros. Allí Ik denk dat het alleen de twee commissarissen zijn en twee mannen voor zes zoals wij zijn erg weinig.

"Als de 'sheriff' dodelijk gewond is geraakt, zoals het mij lijkt, en we de twee commissarissen elimineren, hebben we de situatie onder controle. Ik zal degenen die naar Austin zijn gegaan onmiddellijk meenemen en we zullen zien of na de les iemand de ster durft te nemen en weer voor ons staat. Ben je blij met mijn plan? "

Ze knikten allemaal. Ze waren niet erg blij om geweervuur met gezag onder ogen te zien, omdat het extreem gevaarlijk was, maar als Gregory de "sheriff" had neergehaald, zat er niets anders op dan verder te gaan of te ontsnappen en San Antonio te verlaten voordat ze werden betrapt bij een inval . drastisch.

'Nou, laten we gaan,' zei Gregory resoluut. Alles is zo snel gegaan, dat ik zeker weet dat het nieuws de commissarissen nog niet heeft bereikt. Ze zullen gehaast zijn om de "sheriff" te verzorgen en de rest vergeten, afgezien van het feit dat ze bang voor ons zijn en niemand voor ons wil staan. We zullen commissarissen overrompelen en ze gemakkelijk doden.

Ze bleven aan de muren plakken om onopgemerkt te blijven en in een verre file liepen ze naar de plek waar de kantoren waren. Als niemand voorzorgsmaatregelen had genomen door de deur te sluiten, zouden ze verrast binnenkomen en, wanneer ze de aanval wilden realiseren, zou het te laat zijn om het tragische einde te voorkomen.

Maar hoewel Gregory snel had gemanoeuvreerd, had hij niet kunnen voorkomen dat het nieuws de commissarissen bereikte en dus toen ze de kantoren naderden, was de klant van "El Caballo Salvaje" al binnen, die de leiding had gehad over de commissarissen hiervan op de hoogte stellen.

HOOFDSTUK X

HET EINDE VAN DE PUGNA

De persoon die verantwoordelijk was voor het communiceren van de tragedie aan de stewards sprak nerveus en vermoeid van de race en zowel de stewards, Saúl en Robert, knarsetandden van woede terwijl ze nadachten over Gregory's lafheid.

"Het is tot aan de nek opgepakt en heeft alles op het spel gezet voor een kaart", merkte Robert op. Nu is de vraag om te weten waar hij is en hoeveel mensen hij onder zijn bevel heeft, want hij zal al zijn satellieten in de strijd lanceren aangezien hij alles heeft verloren.

"En wat betreft het verzoek van de" sheriff "om achter die gier aan te gaan, ik denk dat het misplaatst is, want als je dit met vier schurken in de kooien laat, kan het gebeuren dat, als ze het beseffen, ze zullen komen om bevrijd ze en het wordt nog lelijker voor je. Nu zijn de commissarissen de meest directe vijanden en ze zullen proberen ze koste wat kost uit te schakelen.

"Wat kunnen we doen? Vroeg een van de agenten van de sheriff. We hebben een bevel ontvangen en ...

'Een bevel uitgevaardigd op een moment dat het zijn hoofd niet was om over bepaalde dingen na te denken. Hij wilde dat hij Gregory zou betalen voor zijn schurkenstreek, maar hij kon niet rustig nadenken over de gevolgen. Naar mijn mening kan alles worden geharmoniseerd, aangezien zowel mijn vriend Saúl als ik ons bij zijn zijde voegen en we zijn klaar om het hoofd te bieden aan wat wordt gepresenteerd.

"En een haalbare oplossing is dat mijn vriend Saúl, die niet ver van hier drie pionnen heeft die op zijn orders wachten, ze onmiddellijk gaat zoeken en onmiddellijk hierheen komt. Dan zullen we met zijn zevenen zijn en mag een commissaris bij één blijven. of twee arbeiders en de ander, samen met ons, wijden ons aan het jagen en vangen van dat varken... Als iemand een beter idee heeft, laten ze het naar voren brengen."

Iedereen vond het plan uitstekend en Saúl verliet, zonder tijdverlies, de kantoren en rende op zoek naar zijn arbeiders die aan de rand waren achtergelaten, wachtend op het bevel om de bundel in handen te nemen en de reis terug naar de ranch te beginnen, omdat het plan van Saul was "voordat alles op zijn kop zou komen" om met de hoorns te vluchten zodra Robert het bedrag had verzameld en het ongewenste weer uit de lus te laten.

Nu was dat op zulke kritieke momenten niet meer haalbaar, maar zijn pionnen zouden een mooi tegenwicht kunnen bieden in de zoektocht om Gregory uit te schakelen.

Saúl had geluk en verliet de kantoren vijf minuten voordat Gregory en zijn aasgieren hen naderden met de bedoeling hen aan te vallen. Als hij wat laat was geweest, zouden ze hem hebben opgespoord door hem verraderlijk neer te schieten.

En dus, terwijl de gedurfde voorman versterking zocht, kwam Gregory gevaarlijk dicht bij de kantoren, klaar om ze bij verrassing te bestormen.

Maar de schurk had niet gerekend op de scherpzinnigheid van Robert, die zodra zijn vriend naar buiten kwam, aangaf:

"Ik denk dat het beter is om de deur goed dicht te doen en alert te zijn op wat er kan gebeuren totdat Saúl terugkomt. Niemand weet wat de wanhopige plannen zijn van die vent, die een millimeter van een revolverkogel of een voet van een hennepdas kent. Hier zijn vier mannen die heel nuttig voor je zouden zijn om tegen ons te vechten, en je zou in de verleiding kunnen komen om hem zo goed mogelijk te komen halen.

Robert's waarschuwing maakte indruk op de twee commissarissen, die besloten het advies op te volgen en de deur dicht te doen, de binnenste ijzeren staaf doorgevend aan het stopcontact dat het ontving om meer veiligheid te bieden aan de onschendbaarheid van het huis.

De beslissing was het meest opportuun, want een paar minuten later arriveerden de aanvallers in stilte, vastgelijmd aan de muren, aan de deur van het kantoor.

Robert had een commissaris opgedragen om achter de deur te blijven en op elk geluid te letten en aangezien er een raam in het kantoor was dat uitkeek op het plein, konden ze van daaruit Saúl en zijn mannen zien aankomen.

Voor extra voorzorg beval hij de lamp naar de onmiddellijke kamer te verplaatsen. Buiten was er goed maanlicht en het was het beste om binnen in de schaduw te blijven. Het was Gregory die, gespannen, stijf, de revolver vastbesloten vastgehouden, als eerste naar de deur ging en eromheen tastte; het blad gaf geen millimeter mee, wat aangeeft dat ze van binnenuit waren gesloten.

Hij moest op zijn lip bijten om te voorkomen dat hij de vloek losliet die over hen kwam. De tegenslag was ernstig, want niet alleen voorkwam het verrassingen, maar het zou niet gemakkelijk zijn om met geweld in te breken.

Het lichte geluid dat hij produceerde toen hij de deur meerdere keren voelde voor het geval deze zou bezwijken, werd opgevangen door de commissaris, die zich haastte om de anderen te informeren over wat hij had ontdekt. Robert, gespannen, merkte op:

"Ik ben een beetje een waarzegger geweest en ik vier het, ik denk dat als het haalbaar zou zijn, we zouden kunnen proberen om iedereen een kleine verrassing te geven.

"Hoe?

'De deur niet voor ze openen en ze binnen laten. Dat zou dwaas zijn, want we weten niet hoeveel mensen ons in hun eentje proberen te bezoeken. Maar... ik ga eens kijken of ik de achtervolging inschakel en we erachter komen hoeveel gieren hun pootjes voor de deur hebben geland.

Omdat de kantoren in de schaduw waren, naderde Robert de tralies van het raam heimelijk en aangezien hij niemand kon zien, stak hij zijn arm tussen twee tralies uit, draaide hem in de richting van de deur en vuurde twee keer achter elkaar, waarbij hij snel het pistool terugtrok. arm.

Een brul van intense pijn, gevolgd door een koor van hese vloeken, ontmaskerde de aanvallers. Ze konden de incognito niet langer bewaren omdat ze ontdekt waren.

Onmiddellijk was een voedend trillen van geweervuur het antwoord op de gedurfde daad van de pion, en de kogels scheerden de tralies erdoorheen.

Robert, die iedereen had opgedragen op de grond te vallen om te voorkomen dat een kogel hen zou raken als ze van voren zouden schieten, glimlachte geamuseerd.

"Ik zou zweren dat het er zes of zeven zijn, te oordelen naar de schoten die ze hebben afgevuurd. Geen verwaarloosbare kracht, als ze ons hadden overrompeld.

Onmiddellijk waren er nieuwe knallen en deze keer keken ze niet langs het raam, maar de projectielen drongen recht maar hoog door en groeven in de grensmuur.

De aanvallers, die het opgegeven hadden om de deur te forceren, hadden zich teruggetrokken om voor de kantoren te gaan staan in de hoop de verdedigers te bereiken door de kogels door het raam te schieten.

Maar de poging was vruchteloos, want niemand wilde het doelwit van de schoten zijn.

Integendeel, Robert en de twee commissarissen naderden de raamopening op hun knieën en, zonder naar buiten te kijken, plaatsten ze hun revolvers op de richel en schoten in een waaier, in de hoop iemand bij verrassing te vangen.

Ze hoorden geen kreten van pijn meer, maar Gregory en zijn mannen hadden zich, door verrassing gekastijd en met een ernstig huurmoordenaar, teruggetrokken van de gevaarlijke plek en probeerden dekking te zoeken voor de schoten die in de schaduw op hen werden afgevuurd.

Maar woedend richtten ze hun vuren op het raam en de projectielen regenden ertegenaan, drongen door de ijzers en spijkerden zich met klem aan de voorkant van de parea.

"Ze zullen uiteindelijk de scheidingswand omgooien zonder dat er een houweel nodig is", merkte Robert gekscherend op. Als dit voorbij is, ziet het eruit als een vergiet.

Gedurende enkele minuten was het schieten intens. De belegerden gebruikten hun tactiek om dicht bij het frame te schieten zonder gezien te worden, maar het verspillen van lood mocht niet baten.

'Laat zij degenen zijn die hun munitie consumeren. Ze hebben hun maten genomen en het zal niet langer gemakkelijk zijn om ze te verrassen.

'Ja, maar wat gebeurt er als je vriend terugkomt?

"Als ze niet stoppen met schieten, zal dit dienen als een waarschuwing en als ze stoppen, zullen wij degenen zijn die wijselijk zullen schieten om hen te waarschuwen.

Gregory, wanhopig op zoek naar mislukking, gaf het bevel om te stoppen met vuren, en toen riep hij met donderende stem:

'Commissarissen, als u besluit te vertrekken, beloof ik u dat we u zullen laten gaan zonder u enig kwaad te doen. Als je volhoudt daar te blijven, maak je dan klaar, want ik ga het gebouw in brand steken en ik laat niemand levend ontsnappen.

Robert, zonder op te letten, was verantwoordelijk voor het beantwoorden:

"Doe niet zo bluf, Gregory. Je hebt niet de moed om dichtbij te schieten, want we zullen je levend roosteren. Om vuur te maken, moet je je gezicht laten zien als een dappere man en jij ... jij zijn een verdomde lafaard.

Bij de belediging gooide Gregory zijn revolver tegen het raam, maar het mocht niet baten.

'Waarom kom je niet naar buiten om me dat hier te vertellen? Hij brulde.

'Omdat ik geen strijdlust geef aan moordenaars. Je verdient het om hangend aan een boom te sterven en een andere dood zou te nobel voor je zijn.

Roberts woorden maakten de woede van de schurk wakker, die, woedend tot op het punt van paroxysme, schreeuwde:

'Dat jakhalsnest moet in brand worden gestoken, anders hebben we niets bereikt. Je moet opschieten, want als iemand reageert en de kant van de "sheriff" kiest, hebben we het spel verloren.

Maar het was niet hetzelfde om het te zeggen dan om het uit te voeren. De kantoren naderen was zich verzetten tegen een doodskist en niemand leek bereid zo'n smalle omheining te betreden. Ten slotte durfde men aan te geven:

"Misschien kan er van achteren iets worden geprobeerd. Daar is de kraal en als ze beide fronten niet kunnen bedienen, wordt er iets bereikt.

'Nou, ga je gang twee om te zien wat er gedaan kan worden. Ondertussen leiden we die padden af.

En om dit te bereiken, bereidden ze zich voor om projectielen nutteloos te blijven gebruiken.

Ondertussen had Saúl zo ver mogelijk gerend tot hij het dorp had verlaten en contact had gemaakt met zijn vrienden, die al nerveus waren over zijn vertraging.

Saúl informeerde hen snel over wat er was gebeurd en nodigde hen uit om samen met de commissarissen op zoek te gaan naar Gregory. De pionnen aarzelden niet om het plan te steunen.

Omdat Saul zonder paard was vertrokken, besteeg hij het paard van een pion, en met z'n vieren snelden ze naar de kantoren. Maar lang voordat ze hen bereikten, hoorden ze het gekletter van de "Colts" en Saúl, nerveus, brulde:

"Bij de spijkers van het kruis! ... Ze moeten de kantoren bestormen. Snel!

Ze gingen verder, maar voordat hij het plein betrad, hield Saúl zijn mannen tegen, steeg af en tuurde, dicht bij de gevels, discreet het plein in. De ontploffingen braken uit vanaf de grens en werden beantwoord vanuit de kantoren. Saúl deed, nadat hij de situatie had bestudeerd, een stap terug om te bestellen;

'Ik blijf hier en jullie zullen je omdraaien en ieder van jullie zal binnenkomen via een van de kruispunten die naar het plein leiden. Schiet op, want over vijf minuten geef ik het signaal om aan te vallen door een schot te lossen.

De pioenen gehoorzaamden en Saúl, liggend, om maar beter onopvallend te zijn, wachtte en telde de minuten. En hij stond op het punt het signaal te geven, toen hij twee pakketten ontdekte die, in een poging het plein te omsingelen, elkaar kruisten voor de opening van de straat waar ze in een hinderlaag waren gelopen. Saul aarzelde geen moment. Twee uitgeschakelde vijanden zouden twee belangrijke vijandelijke slachtoffers zijn en hij strekte zijn arm uit en vuurde vier keer op hen.

Geen van beiden slaagde erin de tegenoverliggende hoek te bereiken en beiden vielen kronkelend tussen kreten van pijn.

De onverwachte aanval verraste Gregory en zijn overgebleven mannen en even wisten ze niet wat ze moesten doen. Maar toen ze probeerden te reageren, braken drie mannen te paard vanuit drie verschillende plaatsen het plein op en schoten op de rand van de kantoren.

Het effect was verwoestend. De aanvallers, uit angst aangevallen te worden door een meer superieure kracht, probeerden te vluchten; maar de uitgangen waren gesloten, en een paar minuten lang ontstond er een hevig gevecht waarin revolvers tragisch donderden.

Saúl, die geen andere vijand tegenover zich had, kwam naar voren en schreeuwde luidkeels:

"Robert, ga je gang, ze zijn van ons!

Dat telefoontje besliste de strijd. Robert, met de twee commissarissen, lanceerde zich woedend het plein op, er was geen enkele manier meer dat een van de aanvallers kon ontsnappen.

Gregory, die erin geslaagd was het midden van het plein te bereiken terwijl hij probeerde te ontsnappen door de grens, bevond zich tussen verschillende kruisvuren en, woedend, vastbesloten om zijn leven duur te verkopen, wierp hij zich op de grond en begon op een gekke manier te schieten , in een poging een van zijn vijanden te bereiken.

Maar zijn moedige weerstand was schaars en kort. Een reeks schoten die hem in het zilverachtige licht van de maan zochten, doorboorden zijn vlees en hij krimpde uiteindelijk ineen terwijl de revolver stevig vastgehouden werd, maar niet langer sterk genoeg om te vuren.

Minuten later heerste er een tragische stilte op het plein. Geen enkele van Gregory's bende had de dodelijke omsingeling overleefd en hun lijken lagen in verschillende groteske houdingen in de overspanning van het plein.

Toen Saúl zijn vriend en de commissarissen ontmoette, was het drama afgelopen en was de dreiging van die angstaanjagende overvaller en schutter voor altijd uitgewist.

De commissarissen lieten Robert en de arbeiders onder de hoede van de gevangenen en gingen snel naar "El Caballo Salvaje" op zoek naar nieuws, om de status van de "sheriff" en zijn verblijfplaats te achterhalen. Ze kregen te horen dat hij elkaar had ontmoet in het huis van de dichtstbijzijnde dokter en daar gingen ze.

De "sheriff" was twee keer in de borst geschoten, maar één was niet relevant. De kogel was in botsing gekomen met de ster, afgebogen en had hem alleen maar gebeten.

De andere wond was ernstiger, maar nadat deze was genezen, verzekerde de dokter dat deze niet dodelijk was. Het zou drie weken duren om te genezen, maar het zou uit de trance komen. De "sheriff", zo hard als een rots, had de kuren doorstaan en verloor niet het bewustzijn. Daarom, toen de dokter eindelijk de aanwezigheid van de twee commissarissen aankondigde en de pijn overwon, vroeg hijof:

"Wat en tra nieuwsandis? Heeft u Cormo habandis dat het zo lang duurt?

'Het nieuws kan niet beter zijn, baas. Gregory en alle nuttige mannen die hij hier had, zijn een kwartier geleden gestorven.

'Hoe? Heb je hem eindelijk gevonden?

"Nee, hij zocht ons en dat was zijn ondergang.

Een commissaris bracht de "sheriff" uitgebreid op de hoogte van alles wat er was gebeurd en van de tussenkomst van Robert en zijn pionnen. De sheriff merkte tevreden op:

'Het is een voorzienige hulp geweest en ik zal die mannen moeten vergeven voor de trucjes die ze gebruikten om Gregory van een trekje te krijgen.ñado de dorrares. Ze hebben het tenslotte verdiend, voor wat ze hebben blootgelegd. Dankzij hen hebben we de gevaarlijkste groep gieren geëlimineerd die zich in het midden van de route had gevestigd.

Zoek nu een kar en probeer me naar mijn huis te brengen. Daar zal ik me beter voelen en kan ik voorstellen wat er moet gebeuren, als er nog iets te doen is.

* * *

De volgende dag, toen Robert en Saúl de "sheriff" gingen bezoeken om te informeren naar zijn toestand, zei de gewonde man, handen schuddend:

"Ik ben hen erg dankbaar voor de hulp die ze hebben gegeven aan mijn commissarissen en voor het risico dat ze hebben genomen om bij te dragen aan de uitroeiing van deze gevaarlijke bende. En aangezien ik op de een of andere manier iets met je wil doen, ga ik Mr. McClellan helpen zijn probleem op te lossen. Laten we die handvol dollars vergeten die je uit Gregory hebt gehaald met de val die je voor hem hebt gezet en laten we praten over het stel dat je hebt meegebracht om te verkopen.

"Ze gaan een bepaalde persoon aanspreken aan wie ik ze ga aanbevelen. Ik weet dat voor het dienen van mij en dankbaar dat we hebben geholpen om Gregory te laten verdwijnen, die ooit deelnam aan de diefstal van een verdwenen bundel, hij geen probleem zal hebben om het vee te kopen. Hij is een eerlijke dealer, die Gregory uit het bedrijfsleven heeft gehaald met de truc om te anticiperen om de wil van degenen die arriveerden te vangen.

"Met deze verkoop heb je de zware missie die je jezelf hebt gesteld met plezier volbracht en zal je werkgever je financiële problemen besparen door de opbrengst van de verkoop te innen.

'Wat jou betreft, vriend Robert, ik weet dat je onmiddellijk naar Abilene zult vertrekken. Ik wens je veel geluk en ik ben er zeker van dat, met een man als jij, in dienst van een boer, je vee veilig is.'

Ze bedankten allebei de 'sheriff' voor hulp en diezelfde dag nam Saúl contact op met de dealer, die de stieren kocht voor tien dollar. Dit gaf Saúl enorme voldoening, want nu kon hij zijn werkgever alle informatie vertellen. Odyssey gebeurde sinds ze hem pijn deden en hem geruststelden over het geld dat zo nodig was om zijn financiële situatie te redden.

Diezelfde dag, voordat Saul zijn werkgever ging bezoeken, had hij een ontmoeting met Robert en zijn arbeiders om de verdeling uit te werken van de negenduizend dollar die Gregory had gegeven. Robert moest zijn mars naar Abilene voortzetten, aangezien de groep net was gearriveerd, waar hij zich volgens afspraak bij zou aansluiten.

Saúl begreep dat hij met vijf van hen die had bijgedragen aan het mogelijk maken van de val om op Gregory te jagen, Robert vijfduizend dollar moest geven en de andere vierduizend om ze aan de boer te geven, als compensatie voor het opgelopen letsel. Maar Robert verwierp het voorstel en zei:

'Het is niet eerlijk, Saul. We hebben allebei ons best gedaan om tot een goed einde te komen en net zo goed als ik en mijn pionnen, de jouwe hebben het. Daarom is mijn voorstel om de helft te scheiden zoals afgesproken en, aangezien we hebben ingegrepen, negen, sommigen meer en anderen minder, maar elk heeft zijn missie uitgevoerd, we verdelen vijfhonderd dollar; tweeduizend vijfhonderd voor mij en mijn metgezellen en tweeduizend voor jou en je drie pionnen. Of het wordt zo verdeeld, of ik gooi het geld in de rivier.

Saúl moest de formule accepteren en het geld werd verdeeld zoals voorgesteld door Robert.

Saúl scheidde zich van iedereen af om naar het ziekenhuis te gaan om zijn werkgever te zien. Hij was er al twee dagen niet geweest en hij vermoedde dat McClellan nerveus en bezorgd was over zijn afwezigheid.

En zo was het, omdat de boer, die opmerkelijk beter werd van zijn wond, het gedrag van zijn voorman niet kon verklaren, veel meer omdat hij daar niets te doen had, maar wachten op zijn vrijlating uit het ziekenhuis.

Om deze reden berispte hij, zodra hij hem in de kamer zag verschijnen:

'Er is geen recht, Saúl... Twee dagen zonder hier te verschijnen... Je gaat me niet vertellen dat er iets met je is gebeurd waardoor je...

"Nou ja, baas; Er zijn veel dingen gebeurd die je negeert, zoals andere waren gebeurd toen je gewond was en het was niet de tijd of gelegenheid om ze aan jou te onthullen, want toen waren ze somber en niet prettig voor jou en voor iedereen.

"Gelukkig veranderde het panorama in een paar uur en nu is alles gelukkig en prachtig voor jou en voor mij, die bittere uren hebben doorgebracht zonder dat je het vermoedde.

De boer vroeg stijfjes:

'Wil je jezelf uitleggen, Saúl?

"Ja, baas. Ik zal je alles vertellen en het zal je doen begrijpen waarom je een beetje verwaarloosd werd.

Saúl vertelde hem alles wat er was gebeurd vanaf het moment dat hij opzettelijk gewond raakte om zijn geld te stelen, tot het moment van de dood van Gregory en zijn bende. De boer luisterde naar hem met grote ogen en een blik van verbazing op zijn gezicht, want hij vermoedde helemaal niet dat hij in een val was gelopen en dat hij op het punt stond zijn leven, vee en geld te verliezen.

"Wat een schurk! Hij "brulde." En dan te bedenken dat ik dacht dat het allemaal een ongelukkig toeval was! ... Mijn God! ... Wat zou er met mij zijn gebeurd als ik het vee en het geld verloor? ... Als ik eraan denk, gaat mijn vlees open.

"Daarom wilde ik hem niets vertellen en loog ik tegen hem door te verzekeren dat het geld in het bezit was van de" sheriff. "Het zou je bestaan hebben verbitterd zonder dat je iets had kunnen doen om het te verhelpen en ik zou nerveuzer voor je zijn geweest.

"Ik was van plan om het geld op de een of andere manier terug te krijgen en ik voelde me in staat om Gregory zelf te beroven en het geld uit zijn portemonnee te schieten.

"Dit is beter geweest. Ik heb de "sheriff" geholpen een ernstig probleem op te lossen en u bent, afgezien van de verwonding, als winnaar uit de bus gekomen vanwege de tienduizend dollar van de verkoop van het vee, u krijgt vierduizend vijfhonderd schadevergoeding. "

"Waarom heb ik anders niets gedaan? Die vierduizend vijfhonderd dollar is van jou; je hebt ze verdiend door jezelf bloot te geven om mijn belangen te redden en het is alleen maar eerlijk dat ze voor jou zijn. Ik heb mijn geld gespaard en ik heb genoeg.

"Ik heb er vijfhonderd in de cast gemaakt door mijn vriend Robert.

'Nou, met die heb je er vijfduizend.

"En waar wil ik dat bedrag voor hebben?

"Dus dat? Het is een mooi bedrag voor als je je zorgen moet maken over het starten van een huis. Je bent op de leeftijd, je bent een knappe, formele, serieuze, loyale en fatsoenlijke jongen, en die eigenschappen hebben een zeer grote waarde wanneer je denkt aan het stichten van een huis, dat het tijd wordt dat je erover nadenkt.

Saúl liet zijn hoofd zakken om de verlegenheid te verbergen die de woorden van zijn werkgever hem hadden bezorgd. De herinnering aan Barbara was met overweldigende kracht bij hem opgekomen en een zenuwbeving maakte zich van hem meester. Om zijn verlegenheid te verbergen, antwoordde hij ontwijkend:

'Op een dag zal ik daarover moeten nadenken, baas, maar ik ben heel klein voor de vrouw van wie ik droom en als het onmogelijke ver van je hand is, is het beter om ze te vergeten en te wachten tot er een andere keer iets opkomt.

"Duivel! Ben je nu hebzuchtig geworden, Saul?

'Dat ben ik nooit geweest, baas. Mijn ambitie in die zin is alleen sentimenteel. Ik streef naar de vrouw die oordeelt dat ze mij gelukkig kan maken en ik haar; Niets anders is belangrijk voor mij, maar soms kan die vrouw te lang zijn en dan wordt alles een droom.

"Nou, nou, wees niet pessimistisch! Als de situatie stabiliseert en je meer kunt verdienen en zelfs een deel van de voordelen kunt genieten, dan heb je de afstand ingekort als dat geval komt. Voor nu, bespaar je geld en bespaar op het voor het geval dat.

'Als u het zo wilt, zal ik het doen, baas. En vertel me nu wat de dokter van je wond vindt.

"De dokter zegt dat ik een incarnatie van een stier heb en dat ik hier in drie dagen weg kan, zij het dat ze me van tijd tot tijd genezen. De wond geneest heel goed en ik voel me sterk.

"Dus, ik zal alles in drie dagen voorbereiden en we zullen onmiddellijk vertrekken. Hier hebben we niets te doen.

Robert vertrok met de zijne op weg naar Abilene. metgezellen en Saúl marcheerden om hen uit te zwaaien en omhelsden iedereen met genegenheid.

"Succes Robert" wenste ze hem.

'Ik hoop haar te hebben, Saúl, en als dat zo is, beloof ik je deze winter een bezoek te brengen als de route eindigt.

'Ik zal je bedanken en als de dingen zijn veranderd en er arbeiders nodig zijn op de ranch van de baas, zou het voor mij een genoegen zijn om bij ons te blijven.

'De tijd zal het leren, Saul.

Drie dagen later, zoals McClellan had aangegeven, werd hij vrijgelaten en mocht hij het ziekenhuis verlaten. In die tijd had Saúl de "sheriff" bezocht, die hem details gaf die hem bevielen. Een daarvan was de verklaring van zijn gevangenen. Ze waren allemaal gedwongen zich uit te spreken en, om hun verantwoordelijkheid zoveel mogelijk te sparen, gaven ze Gregory de schuld en onthulden al zijn overvallen. Ze verstrekten ook de contactgegevens van degenen die waren gevlucht in de nasleep van de McClellan- aanval. Ze waren in Austin en de "sheriff" telegrafeerde daarheen om hen te arresteren en te berechten, net als de rest van de bende.

De dag dat McClellan het ziekenhuis verliet, ging Saúl hem zoeken. De boer had niet gelogen toen hij beweerde dat hij zich sterk en opgewekt voelde om de reis te ondernemen. Maar voordat ik begreep of wat ik moest doen om de "Sheriff" te bezoeken, hem te bedanken voor zijn tussenkomst en afscheid van hem te nemen. De "sheriff" verwelkomde hem met plezier en antwoordde toen:

"Niet ik moet worden bedankt, maar zijn voorman die koppig, dapper en sluw is, ik moet ze ook aan hem geven en ik geef ze aan hem, want hij is een van de weinige mannen die ik heb gevonden naar mijn smaak op elke manier . Als ik getrouwd was, zou ik een dochter hebben, ik verzeker je dat ik hem niet zou laten ontsnappen voordat ik hem zover kon krijgen om met haar te trouwen.

De boer keek hem even aan alsof zijn woorden hem diep raakten, en zei toen glimlachend:

"Het is het beste compliment dat je hebt kunnen geven aan een man die me absolute trouw heeft getoond sinds hij mijn ranch binnenkwam. Ik zou hem ook nooit willen verliezen en ik zal proberen hem zo comfortabel bij mij te laten voelen dat hij nooit in de verleiding zal komen om mij in de steek te laten.

En met die ietwat raadselachtige uitspraak nam hij met een stevige handdruk afscheid van de 'sheriff'.

* * *

De terugkeer naar de ranch verliep zonder incidenten en Barbara, die al erg bezorgd was door zo'n lange afwezigheid, verwelkomde haar vader met een zeer ontroerende knuffel.

'O, pap, hoe lang ben je al! Ik was nerveus en...

'Nou, rustig aan, we zijn er al.

Hij beval Saul de pioenen naar de weide te brengen en op zijn roep te wachten. Toen trok hij zich met zijn dochter terug in de eetkamer, waar hij, door zijn hoed af te nemen, de wond blootlegde die nog met een pleister bedekt was. Ze riep bang uit:

"Goede God! ... Wat is er met je gebeurd, pap?

"Maak je geen zorgen, het is niets meer. Het had zo veel kunnen zijn, zo veel dat het je als wees en geruïneerd had kunnen achterlaten, maar God is goed en waakt over degenen die ook goed zijn.

"Echter, ik geloof in mijn plicht om je de hele waarheid te vertellen, zodat je, naast het weten, in al zijn moed, de loyaliteit, genegenheid en moed van Saúl zult waarderen, zonder welke al die ellendelingen op je zouden kunnen vallen. "

De boer gaf zijn dochter een gedetailleerd verslag van de hele odyssee die ze hadden doorstaan en van Sauls vasthoudendheid en scherpzinnigheid om eerst het vee te bevrijden om Gregory te dwingen opnieuw voor hen te betalen en hoe de bende uiteindelijk was vernietigd en hij terugkeerde. met tienduizend dollar bespaard dankzij de sluwe voorman.

Het meisje luisterde verbijsterd en met een vreemd licht in haar ogen. Haar neiging tot de jongen met wie ze als meisje had gespeeld was groot, en het feit dat ze voor het welzijn van haar vader die gevaren had gelopen, wakkerde haar bewondering voor hem nog verder aan.

De rancher, die naar haar keek en probeerde haar reacties te raden, voegde eraan toe:

"En weet je wat de 'sheriff' me over hem vertelde toen ik hem ging bedanken en afscheid van hem nam?

"Wat zei hij?

Wat als hij getrouwd was geweest en er een had gehad. dochter, zou ze hem niet hebben laten gaan voordat hij met haar had kunnen trouwen, want hij zou geen betere echtgenoot voor het meisje hebben gevonden dan Saul.

Hij keek haar recht aan en ze bloosde.

Na een minuut stilte durfde hij te vragen:

'Waar gaat die opmerking over, vader?

"Nou ... toen ik hem hoorde, realiseerde ik me dat ik ook een dochter heb voor wie ik een echtgenoot zou willen die zo ideaal is als Saúl. Ik word oud, op een dag zal ik verdwijnen en ... wie kan ik beter maken dan hij mijn dochter gelukkig maken en voor haar bezit zorgen Wie loyaal en ongeïnteresseerd tegenover mij is geweest in moeilijke tijden, zou niet als egoïstisch kunnen worden bestempeld als hij op een bepaald moment zou proberen te trouwen met de dochter van zijn werkgever.

Barbara, rood aangelopen, fluisterde:

"Bedoel je dat je me dat vraagt? ...

'Nee, nee, ik vraag niets! O mijn God! Ik wijs op een mogelijkheid die voor ons beiden gelukkig zou kunnen zijn. Je kent Saúl al van kinds af aan, je hebt met hem gespeeld, je hebt elkaar begrepen en je kent hem door en door. Maar dat betekent niets als dat andere gevoel dat essentieel is om je bij een man aan te sluiten niet bestaat.

Wat als het bestond?

"Barbara! Ben je dat echt? ...

"Pap. Ik heb Saúl altijd gemogen; Maar dat betekent ook niets, als ik niet zo aantrekkelijk voor hem ben als nodig zou zijn voor zo'n verbintenis. Begrijp je het?

'Natuurlijk begrijp ik dat, maar verdomme als ik niet geraden heb dat hij verliefd op je is en enorm veel moeite doet om het te verbergen. Toen ik hem onlangs de dollars gaf die hij meenam naar Gregory en hem vertelde om het te bewaren voor als hij erover dacht een huis te beginnen, zei hij een paar rare dingen...

'Zoiets als of hij dacht aan iemand die in positie boven hem staat en ik begin te vermoeden dat er iets in zijn woorden verborgen zat dat jou raakte. Ik wil je niet schenden en ik zou hem ook niet schenden, maar voor mij zou het een grote voldoening zijn om je getrouwd te zien met een goede man en te weten dat, als ik op een dag afwezig ben, je iemand zou hebben om over je te waken en je het geluk te geven dat je verdient.

"Dank je, papa" zei ze terwijl ze hem ontroerd omhelsde. Ik weet zeker niet wat Saul zal denken, hoewel ik soms vermoedde dat hij verliefd op me is. Als dat zo is, zullen we zien hoe hij duidelijk spreekt en, als hij van me houdt, beloof ik je dat ik mezelf net zo gelukkig zal vinden als jij en ik hoop dat hij net zo gelukkig is als jullie beiden.

* * *

Even later belde McClellan Saúl om te zeggen:

"Ik voelde me verplicht om mijn dochter de hele waarheid te vertellen en, zoals je je kunt voorstellen, haar emotie en dankbaarheid jegens jou zijn oneindig. Hij heeft altijd een zeer expressieve neiging naar u gevoeld, maar als er iets ontbrak om het te accentueren, heeft uw prestatie het bereikt. Hij wil je persoonlijk bedanken en... hij wacht op je in de eetkamer. Saul, trillend van emotie, kwam de kamer binnen. Ze rende naar hem toe, pakte zijn handen en zei met een bewogen accent:

'Saúl, ik kan de woorden niet vinden om je te bedanken voor wat je voor mijn vader hebt gedaan en, bij afwijzing, ook voor mij. Ik zou graag iets willen vinden waardoor ik het niet alleen kan waarderen, maar het kan compenseren zoals het verdient.

'In godsnaam, juffrouw Barbara, zeg dat niet! Mij...

"Saúl, lang geleden noemde je me Barbara en het klonk goed in mijn oor. Waarom ben je veranderd en behandel je me nu met die ceremonie?

"Het is dat ... toen waren we twee wezens zonder vooroordelen, maar later ... je bent gegroeid, je bent een vrouw geworden en ik ... als een nederige dienaar van de ranch, moest ik mezelf op mijn plaats zetten en plaats je waarin het overeenkwam.Ik waardeer haar te veel om fouten te maken die haar pijn zouden hebben gedaan... haar... Nou, ik weet niet hoe ik het moet zeggen.

"Ter ere van mij?

'Ik meende er niet zoveel van. Je staat boven elk misverstand, maar ik... ik...

'Je bent bang geweest dat die jeugdvriendschap in je verder zou kunnen gaan en je hebt geprobeerd een rem op jezelf te zetten door een opening tussen jou en mij te maken, nietwaar?

Hij verstijfde toen hij haar hoorde en, haar aanstarend, vroeg hij:

'Moet ik het zo bekennen?

'Als het waar is, waarom niet? Die houding eert je.

Nou, het is waar. Ik was bang om door die aantrekkingskracht te worden meegesleept en ... ik heb geprobeerd niet uit de pas te lopen. Ik hoop dat je me niet censureert...

'Waar was je bang voor? Dat mijn vader je afwees?

'Dat jij degene was die me de genadeslag gaf door mijn voeten te stoppen en mijn vermetelheid af te keuren.

"Wat als ik het mis had gehad? Als het niet zo was geweest, wat zou je dan denken?

Hij, rood van emotie, riep uit;

Wat bedoelde Barbara?

"Ik heb je een vraag gesteld... Beantwoord die...

"Oh! ... Als ik wist dat ik het bij het verkeerde eind had en dat ik de kans om de gelukkigste man op aarde te zijn zou laten liggen, zou ik mezelf als een idioot in de rivier hebben geworpen.

"Wacht dan tot het droger wordt en het water je nek niet bereikt om het te doen.

Toen Saul haar hoorde, sprong hij op als een kat, greep haar bij de armen en riep hees:

'Barbara, bij alle heiligen! ... vertel me ... vertel me dat ik niet verkeerd was in het interpreteren van die woorden en dat jij ... jij ...

"Dwaas! Alles wat je hebt, als een goede voorman heb je het eenvoudig om vrouwen te ontmoeten. Wil je dat ik iets meer beledigends zeg?

Hij trok haar naar zich toe, nam haar in zijn armen en riep met gebroken stem uit:

"Ja, vertel me meer, vertel me alles wat het meest beledigend is, want ik verdien het. Maar later ... later, vertel me dat je van me houdt zoals ik van jou heb gehouden sinds het verlangen om bemind te willen worden in mij wakker werd!

Ze antwoordde niet, maar kuste hem op het voorhoofd en hij beantwoordde de kus met een geluid dat de dreun van een "Colt" zou hebben benijd.

EINDE